Aventures & énigmes

C'est toi le héros !

Quête dans le Monde noir

Fabrice Colin

André-François Ruaud

DEUX COQS D'OR

Un endroit magique et de cauchemar...

« POUR EMMANUEL »
         GODO

DIRECTEUR : FRÉDÉRIQUE DE BURON
DIRECTEUR ÉDITORIAL : SARAH KŒGLER-JACQUET
ÉDITEURS : SANDRA BERTHE - COLIBRI EDITIONS
MAQUETTE : DAVID ALAZRAKI
FABRICATION : RÉMY CHAUVIÈRE

AUTEURS : FABRICE COLIN ET ANDRÉ-FRANÇOIS RUAUD

ARNAUD CREMET : PAGES 44, 45, 59, 133, 141, 165, 172.
VINCENT DUTRAIT : PAGES 13, 26, 31, 72, 131, 163.
MIGUEL COIMBRA : PAGES 19, 29, 46, 83, 110, 113, 145, 150.
NICOLAS FRUCTUS : PAGES 4-5, 9, 55, 62-63, 67, 77, 85, 86, 98, 99, 100, 101, 146, 165.
MATHIEU LEYSSENNE : PAGES 27, 54, 68, 106, 125, 129, 135, 139, 154.

GODO : PAGES 8, 10, 11, 12, 14-15, 21, 23, 30, 32, 40, 43, 47, 49, 51, 53, 56, 57, 61, 65, 66, 70, 71, 73, 75, 76, 79, 81, 88, 89, 91-96, 104, 108, 109, 114, 116-124, 126-127, 130, 132, 136, 138, 140, 143, 147, 148, 151, 152, 153, 155-161, 164, 166, 167, 169, 171.
AMANDINE LABARRE : PAGES 6, 7, 16-17, 18, 20, 22, 24-25, 28, 33, 34-35, 36, 38, 39, 41, 42, 48, 50, 58, 64, 74, 80, 84, 87, 90, 102, 103, 115, 175.

© D. R. ET PHOTOTHÈQUE HACHETTE POUR TOUS LES AUTRES VISUELS.

REMERCIEMENTS : AMÉLIE POGGI, ELSA HUG, MARIE DE VARAX

*Le voyage que tu t'apprêtes à entreprendre,
cher lecteur, va te mener des rues de Paris battues
par les pluies d'automne à un autre univers,
à la fois magique et terriblement dangereux...
Le Monde noir ! Un endroit de cauchemar
qui n'a rien — ou pas grand-chose — à voir avec celui
dans lequel tu vis. Le Monde noir est le pays
des monstres : il regorge de créatures toutes
plus féroces et horribles les unes que les autres.
Ces créatures, tu les connais déjà :
tu en as entendu parler à travers d'anciennes
légendes, tu les as rencontrées dans
tes cauchemars de soir de fièvre.
Mais imaginais-tu qu'elles étaient réelles ?
Parfois, un habitant de notre monde passe dans l'autre...
Cette fois, cependant, c'est toi
qui vas découvrir le Monde noir.
À tes risques et périls : te voilà prévenu !*

La carte du
Monde
noir

Légende

Grande prairie

Zone de marais

Mangroves

Cours d'eau

Zones
de montagnes

Désert

Océan

Pierres brûlantes

Forêt

Route
ou chemin

Voie ferrée

Zone urbaine

Barrière
de pieux

Barrière
de pierre

Grand pont

Paris, un jour d'automne. Il pleut sur la capitale et tu suis en grimaçant ton oncle, chez qui tu résides depuis quelques jours. Important délégué du ministère du Patrimoine, celui-ci t'emmène avec lui à l'inauguration d'un monument historique :

– La tour Saint-Jacques ! s'exclame-t-il en te désignant l'édifice. C'est une chance, non ?

Tu hoches la tête pour lui faire plaisir. Toi, tu aurais préféré la tour Eiffel.

La tour Saint-Jacques est un clocher blanc qui s'élève en plein Paris, non loin de l'Hôtel de Ville. Encore enrubannée du plastique blanc couvrant ses échafaudages, elle a été nettoyée de fond en comble.

Avec les adultes, tu entres dans la salle du bas. Un honneur rare, d'après ton oncle, car la tour Saint-Jacques, en temps ordinaire, n'est pas accessible aux touristes. C'est bien ta veine !

Devant le groupe d'officiels, un guide a pris la parole. Tu ne lui prêtes qu'une oreille distraite. Tu as remarqué une porte entrouverte sur ta gauche, dans l'entrebâillement de laquelle apparaissent quelques marches de pierre blanche qui doivent monter dans la tour. Si tu osais...

Personne ne fait attention à toi, le groupe étant trop occupé à écouter le guide. Et, après tout, ton oncle voulait que tu visites la tour, non ? Que vas-tu faire ?

❖ *Tu approches de la porte, l'ouvres, et te glisses dans l'escalier. Va en 3, page 40.*

❖ *Tu hésites un moment : l'idée de monter un escalier n'a rien de très excitant, et ton oncle te fait signe de le rejoindre. Va en 2, page 7.*

Ayant rejoint ton oncle, tu écoutes avec un ennui croissant les explications du guide. Seule la mention d'un alchimiste, nommé Nicolas Flamel, éveille un moment ton attention.

C'est dans la tour Saint-Jacques que ce savant aurait autrefois mené ses expériences pour changer le plomb en or. Au sommet de la tour se trouvent quatre sculptures symbolisant des pouvoirs mystiques : un lion, un aigle, un homme et un taureau.

Après le discours du guide, tout le groupe est invité à monter dans la tour, ce que tu fais à la suite de ton oncle, par l'escalier que tu as aperçu un peu plus tôt. Un buffet, vous dit-on, a été dressé au premier étage.

❧ *N'ayant pas envie de rester avec les adultes, tu décides de monter directement au sommet de la tour, va en 4, page 48.*

❧ *Tu restes au premier étage avec les visiteurs, va en 5, page 84.*

Tandis que le crépuscule teinte de reflets changeants les murailles de Grandport, vous embarquez à bord du *Narval doré*. Direction : Lacrymosa !

Les premières heures de navigation se passent sans accroc. Accoudé au bastingage, tu t'absorbes dans la contemplation du Styx qui abrite, dit-on, des créatures singulières. On t'a parlé de tritons, de sirènes : tu aimerais bien en voir.

Mais sur les coups de minuit, alors que, enfermé dans ta cabine, tu tardes à trouver le sommeil, un choc ébranle le navire.

Tout le monde sort sur le pont. Un barrage d'éboulis et de troncs empêche le navire de passer. Il faut le dégager. En attendant, une passerelle est jetée sur la rive pour permettre aux passagers de descendre car rester à bord, déclare le commandant, ne serait pas très prudent. Une tempête commence en effet à se lever. Quelle déveine !

Personne ne peut dire combien il faudra de temps pour dégager le passage mais une chose est certaine : ça ne sera pas terminé cette nuit.

– Toutes ces heures perdues, gémit Cerbère. Et s'il arrivait malheur à mon maître, hein ? Moi, je pense qu'on devrait continuer à pied.

Tu te grattes la tête. Certains passagers sont déjà partis vers le village en quête d'un endroit où passer la nuit.

❧ *Si tu choisis de les suivre, va en 135, page 98.*
❧ *Si tu préfères, malgré le sommeil et la tempête, poursuivre ta route, rends-toi en 134, page 121.*

Le Monstre a une idée pour remonter la piste de William et Flamel : un de leurs vieux amis se trouve justement en ville en ce moment.

Gravissant les interminables marches qui grimpent au sud d'Urba Grande (à ton grand regret, le Monstre a refusé de payer pour prendre les escaliers roulants, une construction grinçante tout en cuivre et en bois qui te semblait pourtant très intéressante), vous parvenez au pont flanqué d'arcades géantes qui enjambe l'embouchure du fleuve.

– C'est le Styx, dit le Monstre : tomber dedans serait une très mauvaise idée, ses eaux sont infestées de créatures peu sympathiques.

Prenant garde à bien rester au milieu du pont, tu t'émerveilles tout de même de la foule bruyante et bigarrée qui vous entoure. Des ballons passent dans les airs, ainsi que quantité de créatures volantes.

Vous voilà au bout du pont. Vous entrez dans une grande bâtisse en bois, au dôme arrondi. Le Monstre te présente le propriétaire des lieux : Philéas Barnum, grand maître du cirque.

– Je t'en prie, proteste le vieil homme : je suis aussi un entrepreneur génial et un homme de spectacle incomparable.

Tu ne peux t'empêcher de rire. L'homme se tourne vers toi.

– Eh bien, jeune homme, que signifie cette hilarité ? Ah, mais qui vois-je, c'est notre ami Cerbère ? Alors, mon grand, toujours pas décidé à défiler dans ma galerie ? Tu y ferais pourtant sensation !

✖ *Comme tu es curieux de savoir ce qu'est cette galerie, Barnum accepte de vous la faire visiter.*
Va en 57, page 101.

ord Ganesha, l'immense homme-éléphant qui se tenait au milieu de la clairière de bambous, reste un instant silencieux, sa trompe se balançant mollement de gauche à droite. Enfin, un mince sourire se dessine sur ses lèvres :

– Bonne réponse, jeune homme : je suis très heureux de t'avoir rencontré, tu es visiblement une personne de qualité. Quant à vous, dit-il en posant son regard sur le Monstre de Frankenstein, il me semble que je vous connais. Vous êtes un érudit, n'est-ce pas ?

– J'aime collectionner les livres, c'est vrai, Votre Seigneurie, répond le Monstre avec une nouvelle courbette.

– C'est très bien. J'aime les livres, moi aussi, j'en ai même écrit un, autrefois... Mais, dites-moi, j'en reviens à ce que vous disiez au début : de quels amis parliez-vous ?

D'un raclement de gorge, le Monstre te fait comprendre qu'il préfère que ce soit toi qui parles. Tu évoques donc votre recherche, décris l'alchimiste et le jeune explorateur. Buvant tes paroles, l'homme-éléphant balance lentement sa trompe, sans cesser de sourire. Puis il cligne des yeux :

– Je les ai vus, vos amis : ils possédaient un appareil semblable au vôtre mais ceux-ci ne marchent pas chez nous, non - la technologie est contraire à nos lois... Ils sont tombés du ciel ici, comme vous, mais ils ont pu repartir. Ils n'ont pas dû aller loin. Ils se dirigeaient vers la Grande Montagne, c'est sûrement par là-bas que vous les trouverez.

❧ *Tu es sur la bonne piste ! Va vite en 49, page 20.*

Tes deux compagnons et toi vous retrouvez bientôt enchaînés à une longue file d'esclaves en route pour le désert. Le soleil tape dur. La caravane avance avec lenteur sur les dunes. Il fait chaud, il fait soif ! Le pauvre Cerbère laisse pendre misérablement ses trois langues. Tu ne sais pas ce que tu donnerais pour un peu d'eau fraîche...

En tête de caravane, un éléphant supporte un véritable petit château de bois et de tissu, dans lequel se cache le maître de cette caravane. Soudain, l'animal s'arrête et se cabre. Il trompette !

– Des bandits, des bandits ! s'écrient vos gardes, qui sortent leurs cimeterres.

De derrière les dunes surgissent des brigands cagoulés de cuir qui bondissent sur les chariots et attaquent les chameaux. C'est la pagaille, tout le monde court partout !

– Les bandits du fleuve ! s'écrie un guerrier en s'effondrant à tes pieds, un couteau planté entre les omoplates.

Le Monstre se penche vers vos chaînes et, d'un coup, en brise les anneaux.

– Grimpe, mon garçon, grimpe ! C'est le moment de s'échapper ! dit-il en te hissant sur le dos de Cerbère.

Tu t'accroches aux poils rêches, tandis que le chien géant bondit en avant.

– Vers le fleuve ! ajoute le Monstre en courant derrière vous.

✤ *Le ruban argenté d'un large cours d'eau s'étend de l'autre côté des dunes.*
Précipite-toi en 52, page 105.

Enfin, vous êtes parvenus à réunir la somme exorbitante que demandent les marchands pour vous emmener dans l'Orient magique. Il faut dire que, cette contrée étant très mal connue encore, le voyage est considéré comme exceptionnellement dangereux : rares sont ceux qui acceptent de l'accomplir. Philéas Barnum et le Monstre n'ont pu qu'à grand-peine obtenir un passage à bord de l'un des dirigeables les plus modernes, tout juste sorti des usines Dargent. L'*Égée*, c'est son nom, bénéficie de la puissance de quatre moteurs à vapeur. Comme tu t'étonnes auprès du Monstre que personne ici ne semble connaître l'électricité, il prend un air horrifié :

– Mais tu n'y penses pas ! L'électricité, c'est très dangereux ! Combinée à la magie, cette énergie deviendrait sauvage, incontrôlable !

Enfin, le moment est venu d'embarquer. Ta cabine est très luxueuse, ornée d'un lit moelleux, avec un duvet en plumes d'oies aux œufs d'or. Le problème, c'est que Cerbère a absolument tenu à s'installer avec toi. Occupant toute la place, non seulement il bave sur le couvre-lit en soie... mais ses trois têtes ronflent !

Pas le temps de te lamenter : à peine êtes-vous partis, qu'une tempête s'abat sur l'*Égée*. Vous survolez une grande forêt de bambous : « Des hauts sifflants, des hauts sifflants ! » hurlent les matelots. Tout l'habitacle est durement secoué : pas moyen de rester debout.

En rampant, tu rejoins la cabine de pilotage. Le vaisseau a échappé au contrôle du capitaine. Les moteurs ne répondent plus, de l'air s'échappe de la toile, le dirigeable est en perdition ! Derrière les hublots, les nuages défilent à grande vitesse : vous êtes au cœur d'un cyclone...

Soudain, entre les nuages, d'un côté tu aperçois la mer ; de l'autre, un arbre géant qui pourrait être une île.

❧ *Tu proposes d'aller vers la mer et d'amerrir : rends-toi en 63, page 128.*
❧ *Tu préfères abandonner le dirigeable et sauter avec tes compagnons dans l'arbre : va en 64, page 142.*

Dans un énorme craquement, le petit dragon se met à grandir, grandir, grandir ! jusqu'à faire voler sa cage en éclats – après quoi il grandit encore... Les visiteurs de la galerie s'enfuient en hurlant, à la grande consternation de Barnum. S'ébrouant, le dragon rouge pousse alors un hurlement de victoire.

Vous n'avez pas le temps de vous enfuir à votre tour que, déjà, il a saisi Cerbère dans l'une de ses pattes. De l'autre, il vous attrape, le Monstre et toi ! Puis, brisant les murs de la galerie, il se lance dans la rue et s'envole, vous emportant tous trois loin d'Urba Grande !

– Hééé ! protestes-tu, où nous emmènes-tu ? Le rire du dragon ressemble à un coup de tonnerre.

– Tu voulais retrouver la piste de tes deux amis explorateurs, n'est-ce pas, enfant de l'autre monde ? Eh bien, tu vas gagner un peu de temps : je vais vous présenter au Roi des oiseaux ! Lui saura vous aider, j'en suis certain.

D'un puissant coup d'ailes, il vous emporte par-dessus les montagnes et les mers.

– Vous voilà arrivés, dit-il.

Et, desserrant ses pattes, il vous laisse tomber !

✖ *Vous voilà largués au-dessus du 64, page 142.*

erbère, qui s'est avancé à tes côtés, t'observe avec effarement.

– Tu es fou ? Je te signale qu'un épouvantail-tueur porte une faux... une faux très aiguisée.

– Je sais, dis-tu. Mais si on essaie de fuir, on va se perdre dans ces champs et on va se séparer, c'est inévitable. Je me disais que tu pourrais peut-être...

– Peut-être quoi ?

Tu grimaces un sourire.

– Le charger... C'est vrai, quoi ! Tu es un chien à trois têtes. Tu es censé être courageux. Cerbère ? Cerbère !

Tu jettes un œil par-dessus ton épaule. Tes amis ont battu en retraite. Mais un pressentiment te saisit, malgré ta terreur : tu dois faire face. Tu dois montrer à cette créature qu'elle ne t'impressionne pas.

Figé sur le sentier, tu attends la suite avec angoisse. Arrivé à portée de faux, l'épouvantail s'arrête. Une voix caverneuse s'échappe de sa bouche difforme.

– Tu es bien téméraire, petit mortel. Tu mérites une chance. Écoute-moi avec attention :

« On ne le voit pas, mais il est toujours devant nous et uniquement devant nous. Qu'est-ce ? »

Tu penses connaître la réponse ?
Va vérifier si tu as raison en fin de livre.

❧ Si tu as trouvé la bonne réponse, va en 119, page 124.

❧ Si tu t'es trompé, ou que tu n'as pas trouvé, tu t'enfuis très vite : rends-toi en 115, page 130.

La vieille femme se présente : elle se nomme Baba-Yaga. Sa cabane vivante plie ses genoux de poulet afin de vous laisser grimper à l'intérieur – et quel intérieur ! Bien plus vaste que l'extérieur. Installés devant un bon feu de cheminée, vous passez une excellente soirée en compagnie de la vieille femme, à bavarder en vous sustentant d'un délicieux brouet et, comme la nuit est tombée, votre hôtesse vous propose de dormir chez elle. Ouvrant une porte, elle vous mène à travers un interminable corridor jusqu'aux chambres d'amis. Un frôlement te réveille en pleine nuit : Baba-Yaga est penchée au-dessus de toi et ouvre une bouche immense, hérissée de crocs luisants ! Poussant un hurlement, tu fourres ton édredon dans la bouche monstrueuse et, bousculant la sorcière, tentes de t'enfuir par le couloir. Mais la géométrie de la cabane a changé : tu débouches directement dans la salle à la cheminée, où le Monstre et Cerbère se trouvent déjà, ficelés comme des gigots. Baba-Yaga apparaît juste derrière toi, crachouillant des morceaux d'édredon, et te propose un marché : trouve la réponse à son énigme, et vous aurez tous trois la vie sauve.

p. 16

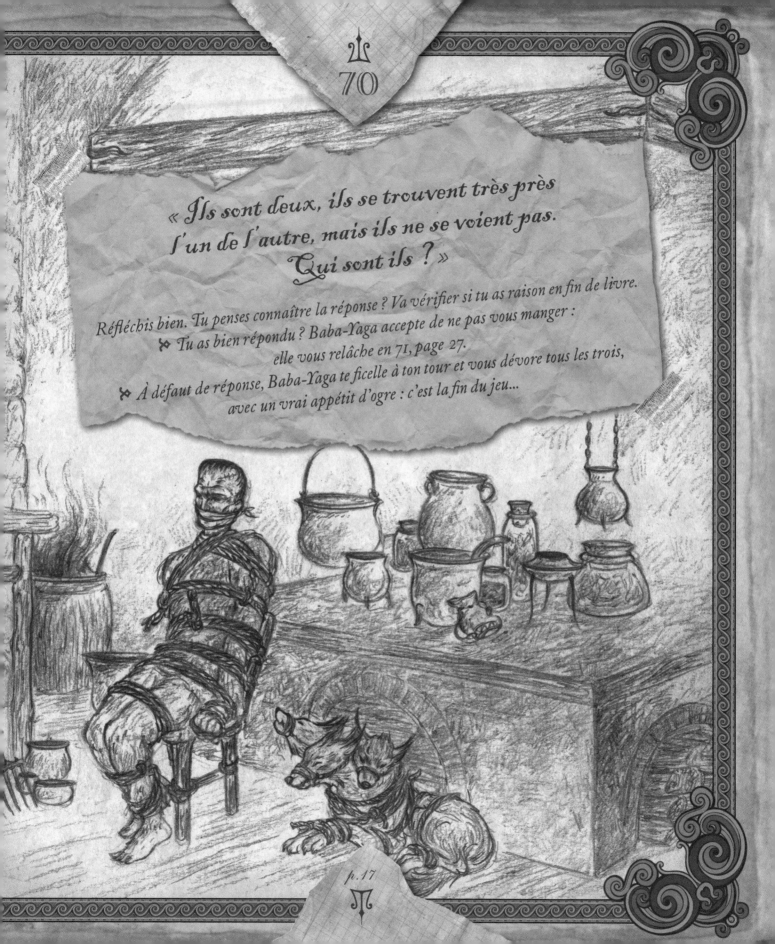

« Ils sont deux, ils se trouvent très près l'un de l'autre, mais ils ne se voient pas. Qui sont ils ? »

Réfléchis bien. Tu penses connaître la réponse ? Va vérifier si tu as raison en fin de livre.

✦ Tu as bien répondu ? Baba-Yaga accepte de ne pas vous manger : elle vous relâche en 71, page 27.

✦ À défaut de réponse, Baba-Yaga te ficelle à ton tour et vous dévore tous les trois, avec un vrai appétit d'ogre : c'est la fin du jeu…

À peine as-tu répondu à l'énigme de l'arbre qu'une ombre immense vient voiler le soleil.

– Eeeeh, protestes-tu, j'ai donné la bonne réponse !

Visiblement amusé, l'arbre se met à rire. L'ombre se pose à ses côtés : c'est un oiseau gigantesque, à côté duquel Cerbère ressemble à un chiot. Son bec est lourd et crochu comme celui d'un perroquet, ses serres puissantes évoquent celles d'un aigle.

– N'aie crainte, petit d'homme ! tonne-t-il d'une voix tonitruante.

On dirait des roches s'entrechoquant.

– L'oiseau-roc ! s'exclame le Monstre, qui, sous le coup de la surprise, est tombé les fesses dans l'eau.

– Oui, oiseau-roc est mon nom ! Vous vous trouvez dans une contrée magique ! Par la grâce de mon vieil ami, l'arbre aux poissons et aux canards, je vais vous permettre de rejoindre ceux que vous cherchez. En route pour la Grande Montagne !

Ayant prononcé ces mots, l'oiseau-roc te prend dans l'une de ses serres avec le Monstre puis, saisissant Cerbère de l'autre, s'envole dans un puissant claquement d'ailes.

❦ *Voyage avec l'oiseau-roc jusqu'en 55, page 26.*

Cotton Town ! Cette petite ville semble tout droit sortie d'un western. Historiquement, ses fondateurs pratiquaient la culture du coton. Aujourd'hui, il ne reste plus que quelques traces de ce glorieux passé, et l'économie de Cotton Town repose plutôt, t'explique le Monstre, sur les jeux d'argent et les trafics en tous genres. Chasseurs de primes burinés, étranges sachems au visage fermé, chercheurs d'or en haillons s'y côtoient dans un désordre effarant. D'innombrables carrioles s'y pressent. Curieusement, la plupart semblent se diriger vers la sortie et le pont qui mène à Bambou-Ville. Leurs occupants vous regardent bizarrement.

Intrigués, vous entrez dans une auberge. Tous les yeux se tournent vers vous. Décidément, quelque chose cloche.

Lorsque le maître des lieux, un colosse chauve et tatoué, arrive pour prendre votre commande, tu lui poses franchement la question : que se passe-t-il ?

— Vous n'êtes pas au courant ? Comme chaque année à la même époque, des goules ont été signalées dans les canyons. On dit qu'elles pourraient attaquer la ville dès la nuit prochaine. Au fait, vous voulez une chambre pour ce soir ? Je fais des réductions d'enfer !

Il ponctue sa proposition d'un bruyant éclat de rire. Le Monstre et toi échangez un regard.

❧ *Si tu choisis de rester à Cotton Town malgré l'imminence de l'arrivée des goules, rends-toi en 101, page 126.*
❧ *Si tu juges plus prudent que vous vous réfugiiez vous aussi à Bambou-Ville, enfuis-toi en 103, page 75.*

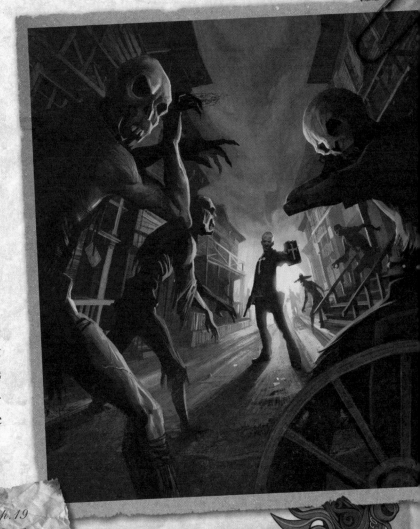

Cette fois, vous êtes au pied de la Grande Montagne ! Elle mérite bien son nom : bien plus haute que toutes celles de la chaîne montagneuse qui sépare, d'après le Monstre, la Côte sauvage du reste du Monde noir. Fatigué, tu chancelles au milieu de la rocaille.

Mais Cerbère, langues pendantes et queue frétillante, est tout excité à l'idée de retrouver peut-être bientôt son maître. Et le voici déjà qui s'élance sur la pente, ses trois museaux flairant le sol. Le Monstre et toi n'avez plus qu'à courir derrière lui.

Peu à peu, vous devez ralentir l'allure. Des plaques de neige apparaissent. Vous plissez les yeux. Là-bas ! Des débris ! Oui, ce sont bien les restes du ballon de Maître Flamel et de William, dégonflé sur la pente avec les restes de la nacelle. Mais où sont ses occupants ? Cerbère inspecte la carcasse et se met à couiner de peur : il vient de trouver des traces dans la neige... Des traces géantes !

La piste monte vers un petit temple, dont les pierres usées se confondent presque avec la paroi rocheuse et dont la porte est étroite...

✦ *Où vont donc ces traces ? Pour le savoir,*
continue en 66, page 144.

un florin. Si tu échoues, une malédiction t'est lancée, dont la nature ne te sera révélée que le moment venu.

Déjà, une petite foule s'est rassemblée autour de vous. L'homme à la barbiche noire t'indique le trépied, duquel il a ôté le sablier.

Tu t'installes, pas très rassuré, et l'énigmatique personnage se penche :

> « *Un homme a trois fils.*
> *Son fils aîné a quatre ans*
> *de plus que le second.*
> *Le second a quatre ans*
> *de plus que le dernier,*
> *et le dernier a exactement*
> *la moitié de l'âge de l'aîné.*
> *Quel âge ont ses fils ?* »

Tu penses connaître la réponse ? Va vérifier si tu as raison en fin de livre.

❧ Si tu as trouvé la bonne réponse, va en 122, page 140, et note que tu as gagné un florin.

❧ Si tu t'es trompé, ou que tu n'as pas trouvé, tu as été maudit par le magicien à barbiche noire. Va tout de même en 122, page 140.

Tu es sûr de ce que tu fais ? Tu opines avec vigueur. Le Monstre, qui se hâte à tes côtés, paraît douter de tes capacités. Vous longez des tables animées. Les joueurs d'échecs se livrent des batailles acharnées et l'argent change de main à toute allure. Un peu plus loin, un homme attire ton attention. Abrité sous une demi-tente, il attend tranquillement les joueurs. Sur un trépied, en face de lui, un sablier est posé. « Énigmes ! » proclame une pancarte à côté de la tente.

Tu t'arrêtes, intrigué. L'homme caresse sa barbiche noire taillée en pointe. Il te pose une question et une seule. Tu disposes de trois minutes pour y répondre. Si tu réussis, tu gagnes

Le petit dragon te tourne le dos et va bouder dans un coin de sa cage. Très surpris, tu regardes autour de toi, cherchant quelle nouvelle calamité se prépare... mais rien d'autre ne se passe !

– Qu'est-ce qu'il y a, mon garçon, on dirait que quelqu'un a mangé ta soupe ! plaisante le Monstre en te rejoignant devant la cage.

– C'est que..., bredouilles-tu, je n'ai pas su répondre à une énigme...

– Oh, ce n'est que ça ? Elle ne devait pas être bien méchante, cette énigme, alors.

– L'explication est ailleurs, intervient Barnum : ma galerie est multiprotégée contre tous les mauvais sorts, malédictions et autres incantations. Je me suis assuré les services des meilleurs magiciens !

Le Monstre opine.

– En parlant de magicien, je suppose que vous n'avez pas eu de nouvelles récentes de notre ami Nicolas Flamel ?

Le patron de la galerie se gratte la tête. Tout ce qu'il sait, c'est que Flamel a pris un dirigeable à destination de la nouvelle contrée. Vous n'avez qu'à suivre la même voie.

– Mais ce genre de voyage coûte très cher, précise-t-il. Où allez-vous trouver l'argent ? Après quelques tergiversations, il vous propose purement et simplement d'exposer Cerbère pendant un temps pour financer votre expédition...

❧ *Tu penses que c'est une excellente idée.*
Va en 62, page 41.
❧ *Cerbère ne mérite pas ça. Tant pis, vous allez travailler un moment ici pour réunir l'argent.*
Va en 60, page 12.

L'immense personnage est tellement grand qu'il a été forcé de se
courber pour passer sous la por-
te. C'est un monstre, un vrai. À première vue,
on dirait un homme, mais son pantalon en
toile grossière laisse voir des pieds nus et ve-
lus ! Ses yeux jaunes brillent sous des arcades
sourcilières tellement proéminentes qu'on
croirait qu'un os supplémentaire lui barre le
front. Des cicatrices lui parcourent le crâne
comme s'il venait d'être... rafistolé et son
teint est nettement verdâtre... Brrr !

À peine entré dans la pièce, le voici qui te fu-
sille du regard, sourcils froncés.

— Qui es-tu ? Que fais-tu là ? Comment es-tu
entré dans la maison en l'absence de Maître
Flamel ? tonne-t-il d'un ton menaçant.

— Je... Je suis venu par en haut, bafouilles-tu
en désignant le plafond. J'étais sur la tour
Saint-Jacques, que je visitais avec mon oncle
et puis... j'ai descendu un escalier et je me suis
retrouvé ici. Je ne savais pas où j'étais, affir-
mes-tu, il faut me croire !

Le monstre te contemple un moment sans
bouger. C'est à peine si tu oses respirer. Finalement, il croise les bras :

— Eh bien, mon garçon, tu n'es pas près de le
revoir, ton oncle ! Bienvenue dans le Monde
noir ! Je suis le Monstre de Frankenstein,
mais tu peux m'appeler le Monstre, tout simplement. Et Cerbère, ajoute-t-il en désignant
l'énorme chien à trois têtes qui est venu s'as-
seoir près de lui, est mon meilleur ami. Je le
garde en l'absence de son maître habituel,
William. Maintenant, suis-moi !

❧ *Si tu fais mine de rester ici, va en 19 , page 32.*
❧ *Si tu te décides à le suivre : va en 20, page 45.*

Une feuille morte a été collée par la pluie sur la pierre sculptée. Machinalement, tu la décolles et, ce faisant, effleures la crinière du lion... qui se met à trembler ! Surpris, tu fais un pas en arrière, tandis que le lion de pierre blanche commence à émettre un grondement sourd. Tu regardes autour de toi. Le reste du monde semble s'être figé : le vent ne souffle plus, il n'y a plus un seul bruit dans Paris, les piétons sont paralysés, les oiseaux immobiles en plein ciel — plus rien ne bouge, à part toi et le lion de pierre, qui tourne sa large tête dans ta direction et te fixe de ses yeux vides. Sa gueule s'ouvre, et une voix grave s'en échappe :

— Qui es-tu, jeune mortel, pour me déranger dans mon sommeil ?

Tu commences à bégayer une vague excuse, mais le lion poursuit sans t'écouter :

— Pour m'avoir réveillé, tu devras répondre à mon énigme. Écoute attentivement :

« Un roi et son fils ont trente-six ans à eux deux. Le roi a trente ans de plus que son fils. Quel âge a donc le prince ? »

Réfléchis bien. Tu penses avoir trouvé ? Va vérifier si tu as raison en fin de livre.

❧ Si tu as trouvé la réponse à cette énigme, va en 8, page 64.

❧ Si tu n'as pas trouvé la réponse, ou que tu t'es trompé, va en 9, page 74.

Prisonniers des serres de l'oiseau-roc, refermées autour de vous tels les barreaux d'une cage de fer, vous survolez l'Orient magique : le désert s'étend, gigantesque, cisaillé par les sinuosités du fleuve. Plus loin, tu distingues le vert ondoyant de la forêt de bambous, puis une succession de collines...

– Attention ! hurles-tu soudain, en voyant se rapprocher à grande vitesse un obstacle littéralement... géant !

Haut comme un immeuble, un géant se tient droit devant vous, deux monstrueux rochers dans les mains. L'oiseau-roc l'évite d'un coup d'aile, mais la serre qui te retient frôle quand même son visage.

– Ne t'inquiète pas, crie le Monstre contre le vent, les géants ont la cervelle très lente : il ne nous a pas vus.

Quand tu l'interroges sur les rochers qu'il soulevait, le Monstre te livre une explication qu'il semble trouver parfaitement naturelle :

– Les géants aiment se lancer des pierres. Tiens, regarde, en voilà un autre !

En effet, un autre géant se tient un kilomètre plus loin, bras levés. L'oiseau-roc l'évite à son tour et, bientôt, vous voilà en vue de la Grande Montagne, où les deux explorateurs se rendaient donc la dernière fois qu'on les a vus.

Va en 49, page 20 pour explorer le flanc de la Grande Montagne.

rès mécontente, la vieille Baba-Yaga vous chasse en hurlant, et vous détalez sans demander votre reste !

Courant à travers la forêt de bouleaux, vous parvenez devant l'entrée d'une grotte. Très excité, Cerbère insiste pour y entrer. Il flaire quelque chose, dit-il. À l'intérieur, il fait très sombre, mais le Monstre, en habitué des cavernes, allume une torche qu'il a apportée « au cas où ».

Cerbère se met à renifler dans tous les coins puis jappe joyeusement. Il a retrouvé la piste de William et Maître Flamel ! La veille femme disait vrai, en définitive : les deux hommes sont bien passés par là.... Vous enfonçant davantage, vous découvrez bientôt les restes d'un feu de camp. Les explorateurs ont dormi ici. Vous suivez leurs traces le long d'un dédale de grottes et de cavernes. La torche du Monstre menace de s'éteindre mais cela n'a guère d'importance : des grappes d'étranges champignons phosphorescents pendent du plafond, éclairant votre chemin. Un embranchement se présente. Cerbère hésite : il ne parvient pas à reconnaître l'odeur de son maître sur le sol luisant.

❯ *Si tu continues ton exploration en prenant par la droite, va en 72, page 59.*
❯ *La gauche te paraît préférable ? Rends-toi jusqu'en 73, page 71.*

Tu suis Migou dans le dédale de la cité perdue des Indes noires : il a promis de vous indiquer le chemin pour vous rendre de l'autre côté de la Grande Montagne, car c'est par là que sont redescendus Maître Flamel et William.

En chemin, le Monstre s'arrête pour contempler une pile de plaques de pierres entassées.

– Ce sont les livres de la cité perdue ! déclare le grand yéti blanc ; mais pas question de les emporter pour les mettre dans une bibliothèque, hein ! Votre ami l'alchimiste a déjà pris des notes sur ces textes. Quand vous le verrez, vous pourrez travailler ensemble à les déchiffrer...

Après un voyage de quelques heures, vous parvenez enfin de l'autre côté de la cité perdue. Tu as fait la dernière partie du trajet juché sur le dos de Cerbère, car tu avais trop mal aux pieds. Le chien à trois têtes semble très content de son rôle de monture, mais tu te méfies de son collier en serpents et t'accroches à ses poils.

Franchissant une porte de pierre, vous êtes maintenant éblouis par la lumière du dehors. Enfin, un peu de soleil ! Les rues de la ville souterraine t'ont paru bien sombres.

Redescends le flanc de la Grande Montagne jusqu'en 69, page 156.

*L*acrymosa ! Un labyrinthe sur pilotis... À peine arrivés, vous voilà perdus dans une invraisemblable cohue. Des machines à vapeur pétaradent, des vendeurs de journaux à la criée annoncent joyeusement les cataclysmes du jour, des lutins en cage appellent au secours, des guides peu scrupuleux offrent des visites à dos de sirène... La rumeur veut qu'on trouve ici plus d'apothicaires, de devins, de sorcières et de magiciens que dans tout le reste du Monde noir. Si Nicolas Flamel est bien l'homme qu'on t'a décrit, cela ne t'étonne pas du tout qu'il s'y intéresse.

– Cauchemars ! Qui veut des cauchemars ? Juchée devant un énorme chaudron, une sorcière te pointe du doigt.

– Trois écus, mon petit, et je te cède un cauchemar de ton choix, avec bocal et mode d'emploi. Tu as bien des ennemis, non ? Tu t'approches, intrigué. Le Monstre qui t'avait pris par la main te retient :

– Ne t'éloigne pas, la ville est grande et...

Sa voix se perd dans la foule. Sur la pointe des pieds, tu te hisses pour observer les soi-disant cauchemars : entremêlés les uns aux autres, ils ressemblent à des fantômes multicolores et agressifs. La sorcière continue de les touiller.

– Cauchemar d'examen ? d'accident ? cauchemar récurrent – ils peuvent vivre jusqu'à cent ans...

– Euh, je vais réfléchir.

Lui tournant le dos, tu fends la foule dans l'autre sens pour rejoindre le Monstre et Cerbère mais, catastrophe ! ils ont disparu.

❧ *Si tu pars à leur recherche, rends-toi en 137, page 65.*

❧ *Si tu estimes qu'il vaut mieux chercher directement Nicolas Flamel, va en 138, page 159.*

L'un derrière l'autre, tes compagnons et toi vous engagez dans la venelle. Au bout d'un moment, celle-ci fait un coude et débouche sur un petit jardin clos, plongé dans les ténèbres. Tu pousses doucement la grille de fer. Vos pas crissent sur le gravier. Assise sur un simple banc de pierre, une silhouette se redresse à votre approche.

– Chut !

D'un geste, elle désigne une assemblée de fées minuscules qui volettent à ses pieds tels des moineaux affamés. Le sorcier vert leur tend une main ouverte, sur laquelle elles viennent picorer. Après quoi elles se dispersent et s'évanouissent dans la nuit.

L'homme se tourne alors vers vous.

– Les fées adorent les épices, explique-t-il. Elles savent où me trouver... et on dirait que vous aussi. Vous me suivez depuis tout à l'heure, pas vrai ? Alors, dis-moi, mon garçon : qu'est-ce qui vous amène, tes amis et toi ?

En quelques mots, tu lui expliques pourquoi tu le cherches. Le sorcier t'écoute puis, comme tu t'y attendais, te propose une énigme en préambule.

« Tu ne peux le voir et il ne peut te voir, il n'a ni yeux ni bouche, mais une force incroyable quand il te pousse. Qu'est-ce donc ? »

Tu penses connaître la réponse ?
Va vérifier si tu as raison en fin de livre.
❧ Si tu as trouvé la bonne réponse,
va en 131, page 158.
❧ Si tu t'es trompé, ou que tu n'as pas trouvé,
rends-toi en 132, page 134.

19

Tirant un fauteuil à lui, il se laisse tomber dedans, ce qui fait grincer le bois. Toi, tu restes dans ton coin, à la fois effrayé et étonné, balayant la pièce du regard, lorgnant le Monstre du coin de l'œil. « Le Monde noir », a-t-il dit : mais de quoi s'agit-il donc ? On dirait que le Monstre lit dans tes pensées :

— Tu ne sais pas où tu es, on dirait ! Eh bien je vais te l'apprendre. Ceci est la tour de l'alchimiste Nicolas Flamel !

— La tour Saint-Jacques ? demandes-tu.

Le Monstre te fixe de ses inquiétants yeux jaunes :

— Non : Saint-Jacques, c'est la version parisienne de cette tour. Nous nous trouvons dans le Monde noir, je t'ai dit ! Un autre monde, mon garçon, dans lequel tu es entré en utilisant l'une des très rares portes communiquant avec ton propre univers. La tour Saint-Jacques et celle-ci sont liées, car toutes deux ont été édifiées selon les mêmes plans par Maître Flamel.

Un peu rassuré par cette explication, tu t'enhardis :

— Alors je vais pouvoir repasser de l'autre côté ? Je vais pouvoir retourner dans le Paris que je connais ?

❧ *Va en 21, page 56.*

Le Monstre se dirige vers l'une des tables.

— Tu n'es pas rassuré, on dirait !

Cerbère va s'installer dans un coin de la pièce, sous une rangée de bocaux pleins d'un liquide jaune renfermant des silhouettes imprécises.

Le Monstre poursuit :

— Un visiteur de Paris ! Quelle histoire !

Un éclair te frappe. Tu perds connaissance. Lorsque tu rouvres les yeux, tu aperçois... des étagères encombrées de feuilles jaunies et cornées, d'autres croulant sous de lourds volumes en cuir et des parchemins roulés, et puis des alambics reliés les uns aux autres par des tuyaux en verre... Comment ? Mais si, tu es de retour dans le laboratoire de Maître Flamel. Tout ce voyage pour rien !

Le Monstre se réveille lui aussi, marmonnant : « La tour de Flamel ? » Cerbère secoue ses trois têtes d'un air groggy. Tu te sens découragé à l'idée d'être revenu à ton point de départ : retrouverez-vous jamais les deux explorateurs ?

– Cet être avait des pouvoirs de génie..., grogne le Monstre, assis sur le carrelage. De génie... Hé, j'ai une idée !

Se levant d'un bond, il part fouiller dans les étagères, faisant tomber au passage une fiole qui se casse en dégageant une odeur effroyable.

Pendant que tu vas ouvrir la fenêtre, le Monstre continue ses recherches : finalement, il pousse un cri de victoire et se retourne, une autre fiole à la main.

– On va voir qui est un génie ! déclare-t-il en débouchant la petite bouteille.

Aussitôt, une vapeur lumineuse s'en échappe...

❧ *Pour savoir ce qu'est cette vapeur, va en 61, page 118.*

7

Après avoir observé attentivement la sculpture de ce lion et sa crinière de pierre, tu continues ta visite et passe à la sculpture suivante, celle d'un aigle. Une feuille morte a été collée par la pluie sur la pierre sculptée. Machinalement, tu la décolles et, ce faisant, touches les plumes de l'aigle… qui se met d'un coup à trembler ! Surpris, tu fais un pas en arrière, tandis que le grand oiseau sculpté continue de bouger en émettant un grondement sourd. Tu regardes autour de toi. Le reste du monde semble s'être figé : le vent ne souffle plus, il n'y a plus un seul bruit dans Paris, les piétons sont paralysés, les oiseaux immobiles en plein ciel — plus rien ne bouge, à part toi et l'aigle de pierre, qui se tourne vers toi et te fixe de ses yeux brillants. Son bec s'ouvre, et une voix mélodieuse s'en échappe :

— Qui es-tu pour me déranger dans mon sommeil, jeune mortel ?

Tu commences à bégayer une vague excuse, mais l'aigle poursuit sans t'écouter :

— Pour m'avoir réveillé, tu devras répondre à mon énigme ! Écoute attentivement :

« *Un carrosse part du château toutes les demi-heures en direction du village. Combien de temps se sera-t-il écoulé quand le troisième carrosse quittera le château ?* »

Réfléchis bien.
Tu penses avoir trouvé ?
Va vérifier si tu as raison en fin de livre.
❧ *Si tu as trouvé la réponse à cette énigme,*
va en 10, page 80.
❧ *Si tu n'as pas trouvé la réponse,*
ou que tu t'es trompé,
va en 9 page 74.

p.35

ais oui, petit voleur : je me nomme Cerbère ! Bravo pour ta réponse : tu sais combien le vrai nom des êtres et des choses est important, dans notre pays de magie ! Alors, pour ta peine, je vais te laisser t'expliquer... Que fais-tu dans la maison de Nicolas Flamel ?

Tu avales ta salive, guère rassuré par les trois têtes énormes qui te fixent avec attention. Une petite voix s'échappe de tes lèvres :

— Je me suis perdu, je ne sais pas comment. J'étais sur la tour Saint-Jacques quand un animal de pierre m'a parlé. Il m'a posé une énigme et je me suis retrouvé ici. J'ignore où je suis...

— Grrr ! Étrange histoire, étrange histoire... Il faut que j'appelle le Monstre !

Aussitôt, il se met à aboyer, plusieurs fois, jusqu'à ce qu'une voix lui réponde, plus bas dans la maison :

— Eh bien, pourquoi aboies-tu ? Qu'est-ce qui se passe ?

Des pas lourds grimpent un escalier, la porte à ta droite s'ouvre et un grand bonhomme entre dans la pièce.

❧ *Va en 18, page 23.*

Secoué par un rire énorme, Lord Ganesha secoue sa trompe en signe négatif, tandis que, derrière toi, le Monstre pousse un grognement de déception. Au côté de l'homme-éléphant, un gros rat surgit, caché jusqu'à présent dans les replis de son pagne. C'est ce dernier qui énonce la sentence :

– Pour cette mauvaise réponse, un voyage vous allez effectuer, mais sa destination nous choisirons !

D'un claquement de patte, le gros rat fait apparaître quatre guerriers. Ventrus et enturbannés, deux d'entre eux se précipitent sur toi et le Monstre, tandis que les deux autres fondent sur Cerbère. Le chien à trois têtes fait mieux que se défendre. Saisissant les assaillants dans ses gueules, il les envoie voler dans les bambous. Hélas ! Ils se relèvent aussitôt et repartent à l'assaut.

Ta situation n'est guère plus reluisante. Ayant attrapé une canne de bambou, tu t'en sers comme d'une arme, décrivant des moulinets pour tenir ton adversaire à distance, sautillant sur tes pieds pour esquiver les coups. Mais, sortant son cimeterre à lame courbe, le guerrier en turban découpe ta canne en trois mouvements souples, avant de te brandir son arme sous le nez. De l'autre côté de la clairière, le Monstre et Cerbère ont aussi été maîtrisés.

Ganesha a le sourire aux lèvres.

Pour savoir quel va être ton sort, tu dois te rendre en 51, page 11.

Mauvaise réponse ! déclare Abel Van Helsing en éclatant à nouveau de son rire méchant. Allez ouste, je ne veux plus vous voir, tous les trois !

Le Monstre de Frankenstein bouillonne de colère mais finit par faire demi-tour : les lois du Monde noir sont ainsi faites.

— Désolé, mon garçon, c'est raté : impossible de partir en dirigeable. Rentrons chez moi. D'ailleurs, cette expédition était une très mauvaise idée.

❧ *La mort dans l'âme, vous rentrez tous les trois à la grotte du Monstre : va en 30, page 152.*

ntendant ta réponse, la terrible sphinge se fend d'une grimace de déception : « Bien répondu, petit d'homme. Quel dommage ! Je vais devoir me passer de goûter à ta chair délicate. »

Assuré que la créature ne vous attaquera pas, puisqu'elle semble se plier aux lois du Monde noir, tu t'enhardis à lui demander si elle n'aurait pas vu un autre ballon comme celui dans lequel vous venez de vous écraser...

– Un ballon ? Ah, oui, c'est ainsi que vous nommez ces choses... Eh bien, petit d'homme, sache qu'aucun objet technologique de ce genre ne peut fonctionner dans notre contrée ! C'est la loi de l'Orient magique, et c'est pour cette raison, d'ailleurs, que nous avons tellement hésité à nous ouvrir au reste du Monde noir...

Le Monstre s'étant gratté la gorge, la sphinge lui lance un regard méchant mais répond finalement à ta question :

– Un autre ballon, oui, petit d'homme : j'ai déjà vu un autre ballon, avec un gros homme barbu à son bord, et un mince jeune homme blond.

– William ! s'exclame Cerbère dans un jappement excité. C'est lui !

La sphinge se souvient :

– Il paraissait très appétissant, ce jeune homme. Mais je ne l'ai pas attrapé : leur ballon a continué au-dessus de moi... Il a dû s'écraser sur la Grande Montagne, là-bas, à l'est de la forêt...

❦ *Tu es sur la bonne piste ! Va vite en 49, page 20.*

on oncle t'a vu te diriger vers l'escalier : il vient te chercher en te grondant et te force à écouter les explications du guide. Celles-ci sont finalement plus intéressantes que prévu, car tu apprends qu'un célèbre alchimiste, nommé Nicolas Flamel, aurait autrefois utilisé cette tour pour mener des expériences visant à transformer le plomb en or. Tu apprends aussi que la tour Saint-Jacques entretient d'autres rapports avec la magie, et ça, c'est vraiment excitant ! Le guide explique qu'au sommet se trouvent quatre sculptures symbolisant des pouvoirs mystiques : un lion, un aigle, un homme et un taureau. Son discours traîne en longueur mais, finalement, tout le groupe est invité à monter dans la tour, ce que tu fais à la suite de ton oncle, par l'escalier par lequel il t'a empêché de monter tout à l'heure. Un buffet est prévu au premier étage pour les visiteurs.

✤ *Si tu préfères monter directement au sommet de la tour, va en 4, page 48.*
✤ *Si tu t'arrêtes au buffet avec les visiteurs afin de manger quelques petits fours, va en 5, page 84.*

erbère s'acclimate très mal à sa nouvelle condition de monstre de foire.
Après quelques jours, il s'échappe,
manque manger trois gardes civils, sème la
pagaille dans un marché et finit sa course dans
les eaux du Styx. Barnum est très en colère !
Ne pouvant te résoudre à infliger au chien une
nouvelle épreuve de ce genre, tu regagnes la côte
avec le Monstre pour y attendre l'hypothétique
retour de Flamel... Hélas ! Ton aventure dans le
Monde noir touche à sa fin. Retourne au début
de l'histoire si tu veux recommencer ta quête.

Tous tes sens en alerte, tu décides d'aller ouvrir la porte encadrée par une tenture et de visiter le reste de la maison. La salle suivante est encore plus encombrée que celle que tu viens de quitter : des étagères chargées de feuilles jaunies et cornées, d'autres croulant sous de lourds volumes en cuir et des parchemins roulés... mais aussi des tables alignées, couvertes d'alambics au ventre rebondi, reliés entre eux par des tubes en verre. De mystérieux liquides glougloutent dans des cornues, un soufflet soupire, une légère fumée monte d'une bassine en bois... Es-tu tombé dans l'antre d'un savant fou ? Tu as bien envie d'aller regarder ça de plus près mais à peine as-tu fait deux pas vers une des tables que tu entends des pas s'approcher !

Ton regard se pose sur une porte à ta droite. Pas de doute : quelqu'un monte lourdement les marches d'un escalier. Regardant autour de toi, affolé, tu te demandes où te cacher. Derrière ce coffre ? Derrière le dos d'un fauteuil ?

Mais il est déjà trop tard : la porte en bois s'ouvre et un homme immense entre dans la pièce.

✤ *Va en 18, page 23.*

*A*ccrochez-vous ! hurle le Monstre. Tu n'as pas attendu son cri pour le faire : rien ne va plus à bord de votre ballon. À peine dépassé les montagnes, le moteur à vapeur s'est mis à cracher de l'eau, avant de s'arrêter purement et simplement. Et maintenant, le ballon se dégonfle, vous perdez de l'altitude et le sol se rapproche à toute allure...

CRAC ! Dans un fracas de bois brisé et de toile déchirée, l'aérostat s'écrase au milieu d'une forêt de bambous qui, vue de haut, semblait s'étendre à perte de vue...

Te voici projeté à terre, dans une explosion de feuilles et de racines. Quand tu retrouves un peu tes esprits, tu vois la nacelle se balancer à mi-hauteur. Une âcre odeur de brûlé se répand entre les bambous...

– Au feu ! Au feu ! s'écrie Cerbère qui regarde, impuissant, la nacelle s'enflammer.

– C'est le moteur, diagnostique le Monstre en te saisissant pour te mettre à l'écart.

Puis il se précipite pour faire tomber les restes de la montgolfière et les traîner jusqu'à un ruisseau qui coule non loin. Tu l'aides à ramasser les derniers débris qui menacent encore de prendre feu.

Quand tous les risques sont enfin maîtrisés, tu t'écroules au sol, épuisé, avec tes deux compagnons.

Un froissement te fait relever la tête. Au même instant, tu aperçois de l'autre côté du ruisseau une clairière qui t'intrigue.

✖ *Tu décides de rester pour voir d'où vient ce froissement : va en 44, page 94.*

✖ *N'y attachant pas d'importance, tu enjambes le ruisseau pour explorer son autre rive : va en 45, page 55.*

La porte de la cité perdue se referme dans un puissant tremblement. Des rochers roulent sur la pente de la Grande Montagne. Le grand yéti Migou vous a jetés dehors !

Voyageant à bord d'un grand bol de bois, Baba-Yaga est la redoutée sorcière des forêts russes.

Le Monstre se relève en brossant sa veste. Cerbère secoue ses trois têtes, visiblement sonné. Quel échec ! Qu'allez-vous faire maintenant ?

Le Monstre vous propose de contourner la montagne.

Et vous voilà franchissant de vastes étendues de neige et des zones d'éboulis escarpées, jusqu'à parvenir au seuil d'une forêt de bouleaux. Enfin, vous allez pouvoir vous reposer un peu – c'est du moins ce que tu espères !

À cet instant, une forme stupéfiante surgit au-dessus des arbres : une sorte de cabane en bois posée sur deux pattes de poulet géant. Au-dessous, une vieille femme s'approche à pas lents.

– Qui va là ? Vous êtes perdus, mes chéris ? demande-t-elle. Puis-je vous aider ?

– Bonjour, madame, fait poliment le Monstre. Nous sommes à la recherche de deux amis à nous. Peut-être les aurez-vous vus passer ?

– Un jeune homme blond très bien de sa personne, accompagné d'un gros barbu très savant ? Oui, oui, je les ai vus.

– Était-ce... il y a longtemps ? demandes-tu, plein d'espoir.

– Oh ! je ne sais plus. Laissez-moi réfléchir. À mon âge, les dates... Mais il se fait tard, non ? Montez donc vous reposer chez moi...

❧ *Heureux de vous détendre un peu, vous acceptez l'invitation de la vieille femme : va en 70, page 16.*

❧ *Méfiants, vous cherchez des excuses pour ne pas accompagner la vieille femme chez elle : va en 71, page 27.*

É tant donné la carrure du personnage et l'allure plus que menaçante du chien-monstre, tu as obéi sans hésiter. La pièce dans laquelle vous entrez est bien plus grande que celle dont vous venez : c'est une cuisine.

À côté d'une porte, qui ouvre sur une autre portion descendante d'escalier, une large cheminée ouvre sa gueule sombre. Tu regardes par l'une des deux fenêtres. Le paysage n'a pas changé : toujours cette mer au loin avec le grand phare blanc.

— J'espère que tu es curieux de voir le Monde noir, mon garçon, s'exclame le Monstre. Parce que je pense que tu ne vas pas rentrer chez toi de sitôt ! Le passage de cette tour ne fonctionne que dans un sens.

Effrayé à l'idée de devoir rester ici le restant de tes jours, tu demandes comment tu pourrais faire pour retourner dans ton monde.

— Ça, explique le Monstre en secouant sa lourde tête, je n'en ai aucune idée. Désolé, mon garçon, mais les secrets de cette tour ne sont connus que de Maître Flamel... Passer d'un monde à l'autre n'est pas si simple...

✤ *« Et pourquoi n'est-ce pas si simple ? » demandes-tu.*
Va en 22, page 67.

p.46

ous êtes littéralement épuisés par votre périple. Dans un village de cotonniers, vous acceptez cependant un travail de récoltants pour gagner un peu d'argent. Grâce à la force de Cerbère, qui tracte à lui seul une énorme charrette, vous effectuez en quelques heures le travail de dix hommes. Le propriétaire du champ prétend vous payer grassement, dit-il. Tu te rendras compte, le soir même, qu'il vous a copieusement roulés.

Il n'empêche : l'argent ainsi gagné va vous permettre de retrouver un mode de vie normal, de dormir dans une auberge, de vous offrir quelques repas chauds. C'est une excellente nouvelle !

Le lendemain, vous repartez donc d'un bon pied vers Cotton Town, dans un paysage de gorges et de ravins arides. La route n'en finit pas : quand donc arriverez-vous ?

Peu avant la tombée de la nuit, le Monstre vous arrête d'un geste. Là-bas, sur une hauteur, une créature à la peau noire est tapie, parfaitement immobile. Est-ce vous qu'elle guette ? Difficile à dire.

—Un wendigo..., murmure le Monstre. On devrait attendre.

—Attendre ?

—Qu'il s'en aille. Le wendigo est une créature incroyablement féroce. Même les pirates des canyons l'évitent. Nous n'avons qu'à bivouaquer quelque temps. Il finira bien par partir. Cerbère secoue ses trois têtes.

—Moi, il ne me fait pas peur.

Tes deux amis se tournent vers toi. Ils attendent ton avis.

❧ *Si tu penses que vous êtes de taille à affronter ce monstre, va en 96, page 73.*
❧ *Si tu estimes qu'il est plus prudent d'attendre que le wendigo s'en aille, va ensuite en 99, page 19.*

e voici au sommet ; la pluie tombe à torrents. Relevant le col de ton manteau, tu observes Paris. Le panorama est obscurci par la brume, et tu commences à te dire que tu aurais mieux fait d'aller goûter à ce buffet. Au moment où tu t'apprêtes à redescendre, le reste du groupe arrive : trop tard pour les petits fours.

La pluie a fini de tomber. Le ciel est plein de nuages sombres. Les adultes avancent sur la terrasse mouillée à la suite du guide. Pour ta part, tu décides d'aller plutôt jeter un œil à ces sculptures qui ornent chaque coin de la tour. La statue de l'homme ne te semble pas très intéressante ; celle du lion est plus attirante.

❧ *Tu t'approches du lion ? Va en 6, page 24.*
❧ *Tu continues ta visite ? Va en 7, page 34.*

Les Coureurs vous dévisagent cal-
mement, et tu sens ton cœur battre
à tout rompre. Bientôt, l'un d'eux –
probablement leur chef – claque des doigts,
et tu es presque soulagé que cette attente
prenne fin. Le cercle se referme sur vous.
Les Coureurs vous ligotent, au moyen d'une
cordelette très fine mais d'une grande solidi-
té, puis vous traînent à l'ombre d'un palmier.
Le chef s'accroupit devant vous. Tu ne comprends pas tout ce qu'il t'explique (la langue
des signes ne t'est pas encore très familière)
mais il est clair qu'ils sont déçus par ton manque de discernement. Évidemment, ils ne
vont pas vous tuer : ils vont laisser le destin
se charger de vous.

Des caravanes passent régulièrement par cette
oasis. Avec un peu de chance, elles vous délivre-
ront, et vous aideront à regagner la civilisation.
Essayer de vous libérer seuls – en admettant
que vous y parveniez – ne vous servira pas à
grand-chose : du moins, c'est ce qu'ils te disent.
L'homme se relève et donne aux siens le si-
gnal du départ. Très vite, les Coureurs se dé-
ploient de nouveau et s'élancent dans le désert, disparaissant parmi les ondes de chaleur.
Cerbère gémit.

❧ *Si tu convaincs les autres d'essayer de vous libérer, va en 91, page 76.*
❧ *Si tu préfères attendre sagement qu'une caravane arrive à votre secours, va en 92, page 81.*

Tu as bien de la chance ! Comme tu as eu la prudence de ne pas descendre l'escalier mystérieux sous la sculpture, et que cet escalier était le passage menant au Monde noir, tu restes dans notre monde. Le problème, c'est que tu ne vivras aucune aventure ce jour-là, qu'il se remet à pleuvoir et que tu vas encore beaucoup t'ennuyer avec ton oncle qui, disons-le franchement, n'est pas un monsieur très rigolo...

✤ *Pour cette fois, le jeu est terminé.*
Mais il te suffit de reprendre au début pour que l'aventure recommence...

Tiens donc. Un visiteur !
L'homme qui vient de prononcer ces mots darde sur toi un regard malicieux. Avec sa barbe fournie, son costume et sa montre à gousset, il évoque un gentleman du XIXe siècle.
Tu regardes autour de toi. Tu te trouves dans un salon, devant un feu de cheminée. Un fauteuil pivote, dans lequel est assis un jeune homme blond qui te considère à son tour.
—Voici William Carnacki, annonce l'homme à la barbe fournie. Moi, je suis Nicolas Flamel. Hum, je suppose que ton arrivée ne doit rien au hasard...
Tu secoues la tête. Il y a tant de choses à raconter, que tu t'efforces de résumer en quelques phrases. Flamel pose une main sur ton épaule.
— En somme, tu nous cherchais, et tu nous as trouvés... Tu vas pouvoir enfin rentrer chez toi.
Tu t'apprêtes à hocher la tête mais quelque chose t'arrête. Tu penses à tes amis que tu viens d'abandonner en route. Tu penses aussi à tous les dangers que vous avez affrontés ensemble. Tu en viens à regretter que l'aventure ait été, comment dire... si courte !
—Tu hésites ? s'étonne Flamel. Évidemment, si tu veux reprendre le cours de tes aventures, ce n'est pas un problème ! (Il attrape une étrange boule de cristal, posée sur le rebord de la cheminée.) Je vois... des djinns, des minarets... des aventures trépidantes... Un voyage en tapis volant te tente ?

Si tu veux rentrer chez toi et retrouver les tiens, va en 139, page 169.
Si tu choisis de poursuivre l'aventure dans le Monde noir, Flamel inverse les effets du vœu qui t'a été accordé et tu te retrouves en 76, page 133.

Les minutes passent. Tu toussotes. À ce moment, un grognement effrayant se fait entendre. Les cheveux dressés sur la tête, tu regardes approcher un chien énorme, d'autant plus monstrueux qu'il possède *trois* têtes ! Toutes ses babines retroussées, le molosse s'avance, te forçant à reculer. Acculé à la fenêtre, tu n'as aucun moyen de t'enfuir. Ta voix tremble :

— Gentil, le chien, gentil, oh ! le gentil chien...

Peine perdue : tu as maintenant tout le loisir d'admirer de très, très près son pelage brun et ses yeux noirs. Et cette haleine ! Comble de l'horreur : autour de chacun de ses trois cous, il porte un collier fait de... serpents entrelacés. Brusquement, le chien se recule et s'assoit en face de toi, les babines toujours retroussées sur ses canines jaunâtres. Il te parle !

— Qu'est-ce que tu fais chez Maître Flamel, petit voleur ?

— Mais je ne suis pas un voleur ! Je suis perdu, je ne sais pas où je suis...

Le chien grogne de plus belle :

— Perdu dans la maison de Nicolas Flamel quand il n'est pas là ? Grrr ! Mauvaise réponse, petit voleur !

— Ne me mordez pas !

— Te mordre ? Non mais, pour qui me prends-tu ? Regarde-moi : sais-tu qui je suis ? Le gardien des portes de l'Enfer ! Allons, je suis sûr que tu connais mon nom !

« J'ai trois têtes, j'ai des crocs solides, mon collier est fait de serpents, je suis le gardien des portes de l'Enfer ! »

Réfléchis bien. Tu penses connaître le nom du chien à trois têtes ?
Va vérifier si tu as raison en fin de livre.

❖ *Si tu connais son nom, va en 16, page 36.*

❖ *Si tu ne connais pas son nom, ou si tu t'es trompé, va en 17, page 54.*

Grrr ! Qui es-tu, toi qui ne connais même pas le nom de Cerbère ! gronde le chien à trois têtes, furieux que tu n'aies pas su lui répondre. Je devrais te dévorer tout cru, jeune voleur !

Tremblant de peur, tu implores la pitié de Cerbère, qui se tient devant toi, le poil dressé sur le dos, les babines retroussées, le collier de serpents agité de sursauts.

— Comme tu es très jeune, je vais t'épargner pour le moment, gronde-t-il après un instant. Mais tu ne perds rien pour attendre !

Cerbère se met à aboyer sauvagement, plusieurs fois, jusqu'à ce que quelqu'un lui réponde, plus bas dans la maison :

— Eh bien, pourquoi tu aboies, qu'est-ce qui se passe ?

Des pas lourds font grincer les marches d'un escalier. La porte à ta droite s'ouvre en grand, et une silhouette immense se dessine sur le seuil.

❧ *Va en 18, page 23.*

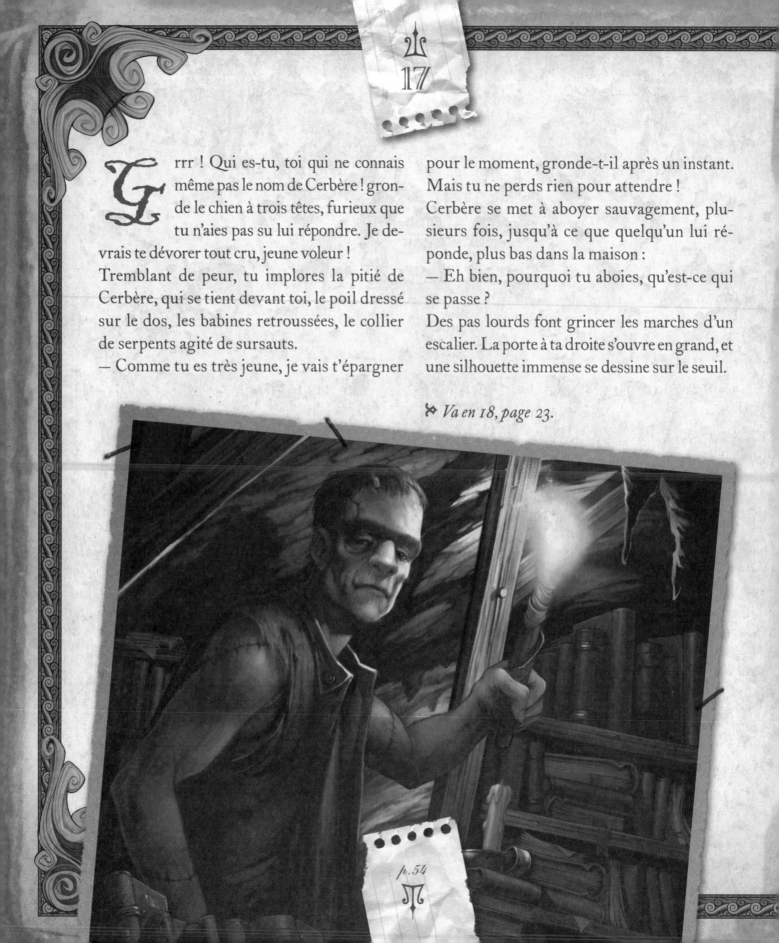

p.54

Sautant au-dessus du ruisseau, tu te précipites vers cette clairière que tu as cru apercevoir à travers les bambous.

– Hé ! où vas-tu, mon garçon ? crie le Monstre derrière toi.

Sans l'écouter, tu écartes les épaisses tiges vertes. Oui ! Il t'avait bien semblé ! Là, les roseaux écrasés dessinent une large trouée. On dirait qu'un engin s'est posé là, comme le confirment les débris divers qui jonchent le sol.

– Oh non ! s'exclame Cerbère dans ton dos.

En quelques bonds, le chien géant t'a rejoint.

– Mon maître, mon pauvre maître !

– Oui, fait le monstre d'un air grave, ces débris semblent provenir du ballon de Maître Flamel.

Fouillant les alentours, tu ramasses une sacoche en cuir, au fond de laquelle reste une photo froissée.

– C'est un portrait de la mère de William, déclare le Monstre en essayant de lisser le cliché dans sa large paume. Ce sont donc bien nos amis qui sont passés par là.

– Quels amis ? demande une grosse voix.

Un homme-éléphant vient de vous rejoindre au centre de la clairière.

❧ *Continue en 46, page 167 pour savoir de qui il s'agit.*

e Monstre te regarde, son arcade sourcilière unique formant comme une sombre falaise au-dessus de ses yeux.

— Mon pauvre garçon... Le passage par lequel tu es passé t'a permis d'entrer dans le Monde noir, mais il ne fonctionne que dans un sens. À vrai dire, j'ignore comment tu pourrais retourner à ton Paris.

Légèrement angoissé, tu regardes autour de toi : les récipients fumants, les livres antiques et les bocaux mystérieux. Rester ici à jamais ? L'idée possède un côté excitant — découvrir un monde inconnu, quelle aventure ! — mais un autre franchement inquiétant... Le Monstre essaie de te rassurer :

— Après tout, un passage dans l'autre sens existe peut-être puisque Maître Flamel est déjà allé se promener dans ton monde. Hélas ! Son secret m'est inconnu. Il faudrait le lui demander...

— Oui, demandons-lui ! t'exclames-tu en reprenant espoir.

— Ce n'est pas si simple..., gronde la grande créature en secouant sa lourde tête.

Il se retourne vers la table, saisit une fiole pleine d'un liquide orange et se met à boire.

— Tu en veux ? demande-t-il.

Tu hésites, inquiet à l'idée de consommer l'une de ces potions étranges.

— Ne crains rien, fait le Monstre en riant, il n'y a rien de meilleur ! Maître Flamel distille le meilleur cidre que j'aie jamais bu !

❧ *Tu refuses la proposition du monstre et tu demandes : « pourquoi n'est-ce pas si simple ? » Va en 22, page 67.*

❧ *Pour faire plaisir au monstre, tu acceptes de boire une gorgée de cidre. Va en 23, page 87.*

Agitant follement ses branches, l'arbre effraie les canards qui s'envolent. Les poissons, eux, disparaissent dans les profondeurs du fleuve. « Hors de mes eaux ! » s'écrie l'arbre, et CRAC ! un éclair te frappe. Tu perds connaissance.

Lorsque tu rouvres les yeux, tu découvres que tu es... de retour dans le laboratoire de Maître Flamel.

Tout ce voyage pour rien !

Le Monstre se réveille lui aussi, marmonnant : « La tour de Flamel ? » Cerbère secoue ses trois têtes, groggy. Tu te sens découragé à l'idée d'être revenu à ton point de départ : retrouverez-vous jamais les deux explorateurs ?

– Cet arbre avait des pouvoirs de génie..., grogne le Monstre, assis sur le carrelage. De génie... Hé, j'ai une idée !

Se levant d'un bond, il part fouiller dans ses étagères, faisant tomber au passage une fiole qui se casse en dégageant une odeur effroyable.

Pendant que tu ouvres la fenêtre, le Monstre pousse un cri de victoire et se retourne, une autre fiole à la main.

– On va voir qui est un génie ! déclare-t-il en débouchant la petite bouteille. Aussitôt, une vapeur lumineuse s'en échappe...

❧ *Pour savoir ce qu'est cette vapeur, va en 61, page 118.*

Cerbère arrive aussitôt, attrape le marin par le col et, en le secouant, l'envoie valser vers le vide ! Avec un cri de frayeur, le gaillard se retient de justesse à un cordage. Cerbère aboie avec force, très content de lui. Tu es content aussi, mais tu te dis que votre situation reste tout de même difficile : tels que vous êtes partis, vous n'allez pas rester « clandestins » très longtemps. D'autres marins vont rappliquer.

— Ohé, du navire ! crie soudain quelqu'un devant toi.

Devant toi ? Mais il n'y a rien d'autre que les nuages... Tu cherches du regard d'où cet appel peut bien provenir quand, sous tes yeux ébahis, émerge le sommet d'un ballon, puis une montgolfière tout entière. Cerbère aboie de plus belle, ayant reconnu le conducteur du nouvel aérostat : le Monstre !

— Bon sang, quels idiots ! Vous êtes complètement fous d'être partis comme ça ! clame le Monstre en manœuvrant son ballon pour se rapprocher du grand dirigeable.

Après bien des difficultés, il te lance une corde, que tu noues à l'une des poutres. À la force de ses bras puissants, le Monstre tire son ballon jusqu'à ce que dernier touche l'enveloppe de l'*Ulysse*.

— Montez, bande de sacripants ! grogne-t-il.

Cerbère bondit dans la nacelle et tu ne te fais pas prier pour le suivre car, derrière toi, des cris s'élèvent.

Le Monstre tranche la corde et sa montgolfière s'élève subitement, hors de portée du dirigeable.

✖ *Le voyage continue vers Urba Grande :*
va en 33, page 146.

Le chemin de droite te conduit jusqu'à une haute porte sculptée à même la roche, décorée de motifs de palmiers, d'éléphants et de chameaux.

– Je connais ce genre de porte ! s'exclame le Monstre. Elle doit ouvrir sur la contrée que l'on nomme le Pays où sont les djinns !

À peine la porte franchie… vous quittez les cavernes. Vos pieds foulent un sable brûlant. Sous un soleil ardent se déploie un décor de palmiers et de broussailles.

Un homme s'avance vers vous. Turban sur la tête, bras musclés, torse à peine couvert par un gilet sans manche, il s'incline et tire sur ses pantalons bouffants avec un grand sourire :

– Bienvenue au pays du soleil, au pays des djinns, au pays des mille et une merveilles ! Bienvenue dans la contrée de notre bienveillant souverain le calife de Bagdad !

– Merci, euh… Bonjour ! bafouilles-tu. Nous sommes à la recherche d'amis à nous…

– Des amis ? Merveilleux ! Il y a plein d'amis dans notre royaume sans pareil !

Toujours souriant, le djinn sort un immense cimeterre et effectue de puissants moulinets d'une manière qui ne te semble pas si aimable que ça.

– Oh, bien sûr, je dois juste vous poser une petite question. Rien de méchant. Écoute plutôt, petit d'homme :

« Si tu as dix ans, et que ton petit frère a la moitié de ton âge, quel âge aura ton frère quand tu seras dix fois plus âgé qu'aujourd'hui ? »

Réfléchis bien. Tu penses connaître la réponse ? Va vérifier si tu as raison en fin de livre.

❧ Tu as trouvé la réponse ? Tu vas donc goûter à l'hospitalité du djinn, en 74, page 91.

❧ Si tu n'as pas su répondre, continue en 75, page 120.

Après quelques heures, les arbres de la forêt font place à la broussaille et vous débouchez sur une vaste steppe. Le désert, immense, s'étend en contrebas. Le Monstre secoue la tête. Vous n'avez pas la moindre idée de l'endroit où vous vous trouvez. Seule la position du soleil dans le ciel vous donne une indication sur la direction à suivre. Vous descendez donc la pente, cheminant faute de mieux vers le sud. Le crépuscule teinte le désert de nuances subtiles, de l'ocre au violet – un paysage d'une beauté à couper le souffle ! En lisière d'une oasis, des nomades redressent la tête en vous voyant approcher. Leur regard est bleu comme l'acier, leurs mouvements lents et sûrs. Une conversation que tu as entendue entre deux marchands te revient alors en mémoire. Ces gens doivent être les fameux Coureurs du désert, réputés pour connaître les dunes comme leur poche. D'après ce que tu as compris, ces étranges personnages ont fait vœu de silence. Tu commences à discuter avec eux : ils ne te répondent que par gestes. Apparemment, ils ont bien vu Maître Flamel et William. Ils se dirigeaient vers le sud. Ils ne t'en diront pas plus – ils n'en savent pas plus – mais ils peuvent te faire suivre le chemin qu'ils ont emprunté avec lui. Pour cela, il faudra que tu te conformes à leurs règles : pas un mot durant tout le voyage.

Tu te retournes vers tes amis. En l'absence de meilleure idée, vous choisissez de suivre les Coureurs. Départ demain à l'aube.

❧ *Va en 90, page 66.*

Une route ombragée d'oliviers et d'arbres fruitiers s'élève dans les collines, surplombant le grand désert de sel. Deux jours durant, vous y cheminez paisiblement et c'est un véritable soulagement, après ce que vous avez subi, de pouvoir savourer un peu de fraîcheur.

Le Monstre et toi en profitez pour parler du Monde noir et des contrées que tu ne connais pas, comme la Bouche d'Enfer, les monts Vampires ou les Marais de la mort, pays des sauriens, des sorcières et des brumes.

—Moi, t'explique le Monstre, je préfère généralement m'évader par les livres. Oh ! j'apprécie ce voyage en ta compagnie ! Mais tu dois admettre que nous avons déjà failli mourir une bonne dizaine de fois, et je trouve que ce voyage n'est pas de tout repos.

Tu hoches la tête, un demi-sourire aux lèvres. Cerbère, lui, galope devant vous avec un plaisir manifeste.

Le soir venu, assis sur un talus, vous contemplez en vous régalant de baies et de fruits l'aride étendue craquelée qui s'étend à vos pieds, et palpite de reflets bleutés. Tu reprends des forces et de l'espoir.

Au troisième jour de marche, le désert a disparu, et vous commencez à longer d'anciens champs de coton laissés à l'abandon. À intervalles réguliers, des panneaux apparaissent sur le bord de la route. Cotton Town !

Te voilà revenu aux confins du Grand Ouest.

❧ *Poursuis ta route en 95, page 46.*

Le dirigeable est arrimé au sommet d'une tour en métal qui ressemble à une reproduction en miniature de la tour Eiffel. Un pont en bois a été lancé vers l'aérostat, énorme masse de cuir gonflé. Au moment où le Monstre s'y engage, cependant, un marin s'avance pour lui barrer le passage.

— Où crois-tu aller, hein, monsieur le Monstre de Frankenstein ? demande l'homme avec un sourire mauvais.

— J'ai payé mon passage et celui de mes deux compagnons, alors laisse-nous monter à bord. Tu n'oserais pas remettre en cause les règles du commerce de cette ville, hein, Abel Van Helsing ? Sourcils froncés, le Monstre a l'air franchement en colère. Mais le marin éclate d'un rire méchant.

— Remettre les règles en cause ? Je vais me gêner ! s'exclame-t-il, ignorant les grondements de Cerbère. Ce navire est à moi et je ne suis pas certain d'avoir envie d'y voir monter un ami des Carnacki ! C'est qui, le môme qui t'accompagne ?

Il te regarde d'un air peu amical :

— Voyons si tu es malin, petit. Je vais te poser une question.

« Un père et ses deux fils doivent traverser une rivière. Leur problème, c'est qu'ils n'ont qu'une barque et qu'elle ne peut contenir que 100 kg. Or, le père pèse 100 kg, justement, et ses deux fils 50 kg chacun. Comment vont-ils s'y prendre ? »

Réfléchis bien. Tu penses connaître la réponse ? Va vérifier si tu as raison en fin de livre.

✠ Si tu as trouvé la bonne réponse, va en 33, page 146.
✠ Si tu n'as pas trouvé, ou que la réponse est mauvaise, va en 34, page 38.

Satisfait par ta réponse, le lion se met à rire et annonce que tu vas être récompensé pour ton intelligence ! À peine a-t-il prononcé ces mots que le socle sur lequel il est juché s'ouvre lentement avec des grincements, et que des marches apparaissent. Un passage secret !

❧ *Tu décides de descendre les marches, va en 11, page 86.*
❧ *Tu décides de descendre les marches, va en 11, page 86.*
❧ *Ayant déjà eu une belle frousse avec l'énigme de la bête, tu décides de ne pas te risquer dans l'escalier. Rends-toi en 12, page 50.*
❧ *Ayant déjà eu une belle frousse avec l'énigme de la bête, tu décides de ne pas te risquer dans l'escalier. Rends-toi en 12, page 50.*

Arpentant les pontons et les arches suspendues de Lacrymosa, tu te perds parmi la foule. Le ciel s'est encore assombri mais il ne tombe pas une goutte. En revanche, un froid polaire s'est abattu sur la ville. On t'a expliqué que les feux sont sévèrement réglementés ici, parce que toutes les constructions sont en bois.

Où sont passés le Monstre et Cerbère ? Adossé au mur d'un entrepôt, tu regardes passer un défilé de lavandières, des sorcières aux cheveux colorés, chantant de sinistres mélopées, faisant le vide sur leur passage. Quel endroit étrange !

Au moment où tu t'apprêtes à repartir, l'une des sorcières, celle qui ferme la marche, se casse la figure. Sans réfléchir, tu te précipites pour la relever. Elle te gratifie d'un regard pénétrant.

– Merci, mon petit. Tu es nouveau ici, n'est-ce pas ?

Tu hoches la tête.

La vieille reprend sa route en claudiquant.

– On ne touche pas les sorcières, à Lacrymosa. Cela apporte toutes sortes d'ennuis, paraît-il. Mais tu ne le savais pas, hein ? Que cherches-tu donc en cette contrée ?

Tu commences à lui raconter ton histoire. Lorsque tu prononces le nom de Nicolas Flamel, elle se fige.

– Ce vieil imbécile ? Je viens de lui vendre un philtre il y a une heure ! Suis-moi.

Avertissant ses condisciples de son absence momentanée, la vieille femme te tire par le bras, avant de disparaître rapidement.

– Te voilà arrivé, mon petit.

❦ *Va en 138, page 159.*

Les Coureurs du désert se lancent en avant, et vous peinez à suivre leur rythme ; on dirait presque qu'ils volent au-dessus des dunes. Lorsque le soleil atteint son zénith, vous êtes déjà épuisés et ruisselants. Cerbère te propose de te porter un moment mais lui-même s'écroule, à bout de forces.

Rejoignant l'avant de la troupe, tu demandes aux Coureurs de vous laisser souffler un peu. Le chef te fixe posément : non, le peuple du désert ne s'arrêtera pas. Marcher ou mourir, telle est la loi du sable.

Vous n'avez plus qu'à serrer les dents.

Enfin, le crépuscule s'avance, noir et onctueux comme un drap de velours. Vous vous écroulez auprès d'un point d'eau.

Le lendemain, même programme. Et le jour suivant aussi. Vous commencez à vous habituer, à trouver votre second souffle. Subtilement, le paysage se modifie. Des buissons, des broussailles, quelques arbres.

– Nous sommes revenus en territoire connu, te glisse le Monstre un soir. Nous avons passé la frontière.

Effectivement, le lendemain matin, une pancarte plantée le long d'un champ de coton te fait comprendre que vous êtes revenus dans le Grand Ouest. « Cotton Town », indique-t-elle.

✤ *Rejoins le Grand Ouest en 99, page 19.*

Ce n'est pas si simple parce que personne ne sait quand Maître Flamel va revenir !

— Et mon maître William non plus…, gémit Cerbère, ses trois têtes penchées avec un air désolé. C'est affreux : ils sont partis dans une contrée inconnue et ils m'ont abandonné ici.

— Arrête avec ça, Cerbère. Le ballon dans lequel ils sont partis ne pouvait pas tous nous transporter, et tu le sais très bien.

— J'avais dit que c'était une mauvaise idée, grommelle le chien en secouant ses têtes. Mais on ne m'écoute jamais, moi.

Avec un sourire, le Monstre te fait comprendre qu'il ne faut pas prêter attention aux jérémiades de Cerbère.

Guère rassuré, mais te sentant un peu plus en confiance, tu prends une chaise non loin de la cheminée.

— Mon oncle va s'inquiéter…

— Oh ! répond le Monstre, il ne faut pas trop t'en faire pour ça : le temps ne s'écoule pas de la même manière ici et là-bas. Il est possible que personne ne se rende compte de quoi que ce soit, parce que, quand tu retourneras chez toi, une heure à peine se sera écoulée dans ton monde. (Il secoue la tête d'un air pensif.) Enfin, ça, c'est si nous trouvons un moyen de t'y renvoyer. En attendant, bien sûr, tu peux loger chez moi…

Portrait de William en compagnie de son chien à trois têtes, le fidèle Cerbère (collection Carnacki).

Le Monstre continue :
— Le mieux, bien sûr, serait de rejoindre Maître Flamel…
— Oh oui, oh oui ! jappe Cerbère, tout excité.

❧ *Tu sautes sur l'occasion, et proposes au Monstre de partir immédiatement à la recherche des deux disparus : va en 25, page 115.*
❧ *Tu préfères laisser faire le Monstre : va en 24, page 102.*

Les trois sœurs
Bourrasque, Vole-Vite
et Obscure se nourrissent
d'habitude des cadavres
des naufragés et des
voyageurs solitaires.

p.68

Horreur ! Alors que la caravane arrive en vue du défilé permettant le passage vers le Grand Ouest, tu entends des cris perçants et la diligence s'arrête brusquement. Le gnome passe la tête par la portière et se rejette tout de suite en arrière, le visage blême :

– Des harpies ! s'exclame-t-il, horrifié.

Les deux dames se mettent à pousser des couinements.

– Des harpies ? Bizarre : d'habitude elles n'attaquent que par temps d'orage, grogne le Monstre, qui ne semble pas particulièrement inquiet. Se retournant vers le yéti, il lui demande :

– Vous savez chanter, mon ami ?

Le yéti opine : il a compris.

Sortant de la diligence, les deux monstres entonnent de leurs belles voix graves une chanson aux accents mélancoliques. Abasourdi, tu les suis au-dehors.

Attirées par la musique, les trois harpies se posent au sommet du chariot suivant. Quand le Monstre et le yéti ont fini de chanter, ravies, elles s'approchent de vous et proposent d'épargner tous les voyageurs... à une condition : que toi, le plus jeune des voyageurs, tu répondes à son énigme !

– Ouvre grand tes oreilles. Pour toi qui viens de la côte, ça ne devrait pas être trop dur, car la réponse a un rapport avec la mer.

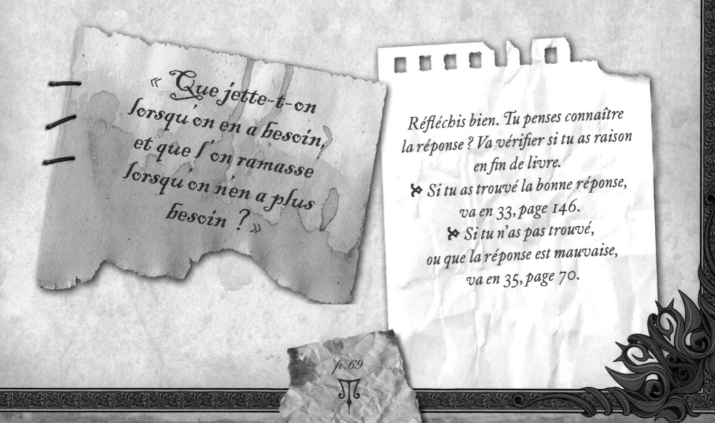

« Que jette-t-on lorsqu'on en a besoin, et que l'on ramasse lorsqu'on n'en a plus besoin ? »

Réfléchis bien. Tu penses connaître la réponse ? Va vérifier si tu as raison en fin de livre.

❧ Si tu as trouvé la bonne réponse, va en 33, page 146.

❧ Si tu n'as pas trouvé, ou que la réponse est mauvaise, va en 35, page 70.

Avec un hurlement de joie qui te glace le sang, la harpie annonce que tu as perdu, perdu, perdu ! Tu n'as pas trouvé la bonne réponse ! Ses deux sœurs fondent l'une sur le Monstre, qui mouline de ses grands bras pour essayer d'écarter ses serres, et l'autre sur le gnome, qu'elle avale d'une seule bouchée en ouvrant son bec qui devient soudain immense — tandis que la harpie qui t'avait posé l'énigme se saisit de toi.

En un coup d'ailes, vous voilà dans les airs. Tu cries, tu te débats, mais c'est déjà trop tard. La harpie continue à rire et à crier que tu as « perdu, perdu, perdu ! ». Au bout d'un moment, fendant les nuages, la créature, qui vole à une vitesse prodigieuse, arrive en vue de l'océan et... te laisse tomber dans les vagues, en bas, tout en bas.

✤ *Pas de chance, ton aventure dans le Monde noir est déjà finie. Tu étais prévenu : c'était un voyage très périlleux... Mais il te suffit de recommencer au début pour que le jeu reprenne...*

Le chemin de gauche vous conduit jusqu'à une pièce circulaire, aux parois parfaitement lisses. Il n'y a pas de sortie ici : ce n'était pas le bon chemin ! Pourtant...

Au centre de la pièce, une flaque d'eau miroite doucement sous la lueur des champignons. T'approchant prudemment, tu as la surprise d'en voir émerger la tête d'un gros poisson qui cligne des yeux, sa bouche ouverte en O.

– Oh oh, oh oh, s'exclame-t-il, un visiteur ! Quel honneur, quel bonheur, jeune monsieur, jeune seigneur, que me vaut ce plaisir, cette surprise ?

Tu lui exposes l'objet de ta quête, t'attendant à devoir encore une fois répondre à une énigme dangereuse... Au lieu de cela, le poisson hoche sagement sa tête écailleuse.

– Maître Nicolas Flamel, l'alchimiste, le sage... oui, oui, je vois, je vois. Et tu veux le rejoindre, le retrouver ? C'est bien simple, oui, oui, très facile.

Un éclair te frappe et...

Tu es projeté en 97, page 51.

La Côte sauvage, par jour de beau temps. Les oiseaux au premier plan sont des messagers de l'île aux Anges, une contrée très loin au large.

La fenêtre est maintenant grande ouverte. Un paysage stupéfiant s'offre à ta vue. Tu n'es plus à Paris : à ta droite, une forêt d'immenses arbres au feuillage bien vert recouvre les contreforts d'une haute montagne, sous un ciel d'azur. Il fait chaud, et devant toi, au-delà des prairies et d'un trait blanc que tu devines être une route ou un chemin, au loin, resplendit... un océan ! Par la fenêtre ouverte, tu humes l'odeur de la mer. Plissant les yeux, tu découvres la haute silhouette immaculée d'un phare.

Tu te retournes pour regarder encore une fois la pièce encombrée de meubles et de livres, puis tu reviens au spectacle qui s'étend au-dehors, la forêt et la mer... Où es-tu ? Par quelle magie as-tu été transporté dans ce pays ? Mais tu connais déjà la réponse : c'est la bête de pierre qui t'a ouvert la porte de cet univers... Toi qui pensais que l'escalier allait t'emmener dans les souterrains de la tour Saint-Jacques !

À la fois excité et un peu effrayé par ce qui t'arrive, tu refermes la fenêtre.

❧ *Tu décides d'explorer le reste de la maison : va en 15, page 42.*

❧ *Rester ici en attendant la suite paraît plus prudent : va en 14, page 52.*

Cerbère ne tient plus en place. Ses mâchoires claquent comme des pièges.

Il se lance en aboyant vers la créature.

Le Monstre et toi vous tenez prudemment à l'écart pour observer la suite des événements.

Cerbère bondit... et se cogne à un rocher. Le wendigo a disparu !

En un clin d'œil, il réapparaît derrière son adversaire. Quelle sorte de magie est-ce là ?

Le Monstre se frappe le front.

– Je le savais ! Ces créatures peuvent se rendre invisibles, se déplacer d'un endroit à l'autre en un clin d'œil. Nous aurions dû...

Il n'a pas le temps de terminer sa phrase : le wendigo se matérialise devant vous. Tu peux, hélas ! l'observer de très près : sa peau brillante, ses muscles saillants, ses horribles crocs luisants de bave.

Il bondit, et tu l'évites de justesse.

–Cerbère !

Votre ami à trois têtes, qui n'a rien perdu de la scène, revient vers vous à toute allure. Le wendigo entre-temps se dirige vers le Monstre, acculé dans une anfractuosité. Ses griffes acérées brillent comme des poignards.

Tu jettes un œil par-dessus ton épaule. Cerbère accourt à pleine vitesse. Mais arrivera-t-il à temps ?

Va affronter ton destin en 100, page 92.

Tu as bien de la chance ! Comme tu n'as pas su répondre à l'énigme de la statue magique, le passage vers le Monde noir ne s'ouvre pas et tu restes dans notre monde... Mais pas pour très longtemps. Car, à présent, pour n'avoir pas donné la bonne réponse, tu vas être dévoré par la bête... Ouvrant grand sa gueule, l'animal t'avale d'un coup. Tu as juste le temps de hurler et soudain, pan ! Tu dégringoles sur les fesses les marches d'un escalier de pierre. Écartant les bras, tu parviens à mettre un terme à ta chute. Tu jettes un œil par-dessus ton épaule et...

❧ *Impossible de remonter ! Le passage est bloqué, tu dois donc descendre l'escalier :* va en 11, page 86.

ambou-Ville, à l'ouest des Marais de la mort, doit son nom à une gigantesque bambouseraie située plus au nord dont la majorité des habitants, essentiellement des émigrants venus du Grand Ouest, tirent leur subsistance.

Située sur un léger promontoire, c'est un labyrinthe paisible de maisonnettes en bois, la plupart à toit de chaume. Sur les flancs de la butte, en contrebas, s'étendent quelques vignes et de larges exploitations agricoles.

La place principale, située au sommet, accueille un marché quotidien où, selon la légende, « on trouve surtout ce qu'on ne cherche pas ». Pendant un long moment, vous errez parmi les étals, essayant de savoir si quelqu'un aurait repéré William et Nicolas Flamel. Comme toujours, les réponses sont assez évasives.

Un vendeur de poteries t'assure les avoir vus passer il y a quelques semaines.

– Ils allaient très bien, insiste-t-il. Ils venaient, je crois, d'acheter un minuscule dragon rouge. Ce n'est pas de chance : le type qui le leur a vendu n'est pas là aujourd'hui. C'est un marchand itinérant. Il ne repassera pas de sitôt.

Accablés, vous poursuivez votre chemin, et finissez votre périple sur les marches d'un temple dédié à une obscure divinité sylvicole. Un homme boitillant, tirant une petite charrette bâchée, s'arrête devant vous, et vous offre un sourire édenté :

– Onguent Guéritout ! Qui veut mon onguent ?

❧ *Si tu as de l'argent et que tu es prêt à acheter ce soi-disant remède miracle, va en 105, page 114.*
❧ *Dans le cas contraire, rends-toi en 104, page 97.*

près des heures d'efforts conjoints et de contorsions acrobatiques, tes amis et toi parvenez à vous défaire de vos liens.

Le soir tombe, et aucune caravane ne s'annonce à l'horizon. Vous passez une nuit plus que désagréable sur les rives du point d'eau. Jamais tu n'aurais imaginé qu'il puisse faire si froid dans le désert !

Le lendemain matin, exténués, vous vous remettez en route, essayant de suivre les traces des Coureurs du désert. Hélas ! Celles-ci finissent par se perdre parmi les dunes.

Le soir venu, vous atteignez une autre oasis, plus petite que celle que vous venez de quitter. Cette fois cependant, vous n'êtes pas seuls. Un étrange personnage, coiffé d'un chapeau de cow-boy, est en train de se faire cuire… un serpent à la broche.

Il vous invite à partager son repas. Vous acceptez poliment. Finalement, manger du serpent n'est pas si terrible : surtout quand il n'y a rien d'autre…

Votre nouvel ami s'appelle John McLury. Il habite le Grand Ouest, et mène une dangereuse carrière de chercheur d'or. De fil en aiguille, vous en venez à parler de William. John hoche la tête. Oui, il a déjà vu un jeune garçon qui s'appelait ainsi, il n'y a pas si longtemps que ça, aux environs de Cotton Town.
– Cotton Town ? répètes-tu.

John sort une carte et vous indique le chemin qu'il vous reste à parcourir. Vous le remerciez chaleureusement. Demain, vous continuerez votre route vers le sud, et les terres du Grand Ouest.

❧ *Va en 99, page 19.*

Ah ah, bien, mon garçon ! Tu as de la ressource ! s'exclame le Monstre, ravi que tu aies trouvé la bonne réponse. Et que dis-tu de ça ? D'un large geste, il désigne une montgolfière arrimée au toit d'une maison bourgeoise, dans une rue calme.

— Avec cet aérostat du Club des Aventuriers, nous allons pouvoir nous rendre dans cette fichue nouvelle contrée, affirme le Monstre. Un drôle de robot vous fait signe depuis le toit. Il descend vous rejoindre, et le Monstre procède aux présentations : le robot en cuivre s'appelle Dante, et c'est l'un de ses plus vieux amis. La mâchoire de Dante émet des grincements de ferraille : il accepte de vous prêter la montgolfière. Et mieux :

— Je possède une copie des cartes utilisées par mon collègue Flamel pour atteindre la porte de l'Orient magique qu'il comptait explorer.

Vous n'avez plus qu'à monter à bord du ballon. Bientôt, les amarres sont larguées, et votre aérostat grimpe rapidement dans les airs, au-dessus de la ville. Le Monstre ayant mis en marche un petit moteur à vapeur, vous glissez tranquillement parmi les nuages vers votre nouvelle destination...

✗ *Vous voguez ainsi jusqu'à dépasser les montagnes du Grand Ouest, au nord. Au-delà s'étend une immense forêt.* *Va en 43, page 43.*

Cette nuit-là, tu préfères dormir seul à l'écart, à la belle étoile. Le lendemain matin, l'une des langues baveuses de Cerbère te réveille. En t'asseyant, tu te frottes les yeux : à part vous, l'oasis est déserte !

– Où sont les autres ? demandes-tu au Monstre.

– Partis avant le lever du jour. Les Coureurs du désert arrivent, et Bachir ne tenait visiblement pas à les rencontrer.

– Et pourquoi ne pas m'avoir réveillé ?

– Ils semblaient peu désireux de s'encombrer de nous. Mais nous n'allons pas tarder à savoir exactement à quoi nous attendre...

Il désigne l'horizon où un nuage de sable se soulève.

Quelques minutes plus tard, les mystérieux personnages rejoignent l'oasis. Leur regard est froid comme l'acier, mais ils ne paraissent pas agressifs. D'après ce que tu comprends, ils ont seulement fait vœu de silence.

Auraient-ils vu passer William et Maître Flamel ? Le Monstre et toi leur en brossez une rapide description.

Les Coureurs échangent un regard. L'un d'eux s'avance. Par gestes il vous fait comprendre qu'ils les ont rencontrés, mais qu'ils ne vous aideront que si savez résoudre l'énigme qu'il vous tend sur un papyrus.

« Deux pères et deux fils ont tué chacun une vie sauvage, avec un arc et des flèches. Aucun n'a tiré sur la même vie. Trois vies seulement ont été abattues. Comment est-ce possible ? »

Tu penses connaître la réponse ? Va vérifier si tu as raison en fin de livre.

✤ Si c'est la bonne réponse, les Coureurs du désert acceptent de vous accompagner : va en 90, page 66.

✤ Si tu t'es trompé, ou que tu n'as pas trouvé, rends-toi en 89, page 49.

atisfait par ta réponse, l'aigle te cou-
ve d'un regard brûlant et annonce
que tu vas être récompensé pour
ton intelligence ! À peine a-t-il prononcé ces
mots que le socle sur lequel il est juché s'ouvre
lentement avec des grincements, et que des
marches apparaissent. Un passage secret !

✷ *Tu décides de descendre les marches, va en 11,
page 86.*
✷ *Ayant déjà eu une belle frousse avec l'énigme
de la bête, tu décides de ne pas te risquer dans
l'escalier. Rends-toi en 12, page 50.*

Vous attendez, vous attendez, et rien ne se passe. Nulle caravane à l'horizon. Pour finir, vous décidez, en dépit des affirmations des Coureurs du désert, de vous libérer de vos liens. Vous auriez pu y penser avant !

L'ambiance est morose. La nuit glacée. Le Monstre et Cerbère gardent leurs sombres pensées pour eux.

Le lendemain matin, après une nuit sans sommeil, vous vous remettez en route. Vous ne savez pas trop où aller, ne pouvant vous guider qu'à la course du soleil. Vous savez que vous devez vous rendre vers le sud mais c'est à peu près tout.

Aux heures les plus brûlantes du jour, vous vous arrêtez à l'ombre d'un rocher. Vos provisions d'eau, conservées dans des outres de fortune ficelées par le Monstre, ne vous permettront pas d'aller bien loin. Tu commences sérieusement à regretter de t'être lancé dans cette aventure. Mais avais-tu le choix ?

Le jour d'après, vous parvenez au sommet d'une dune. Devant vous s'étendent les plaines craquelées du grand désert de sel. Un chemin rectiligne le traverse, qui semble le plus rapide. Un autre, bordé d'arbres épineux – et donc plus ombragé – le contourne.

❖ *Si tu choisis le chemin qui traverse le désert de sel, va en 98, page 110.*

❖ *Si tu préfères contourner le désert, quitte à parcourir plus de distance, va en 93, page 61.*

Oui, parfait pour le travail aux mines, grommelle sous sa capuche le grand personnage qui vous a achetés au marché aux esclaves.

Il vous entraîne, Cerbère et toi, vers un chariot métallique garé au bas d'un gratte-ciel.

— Je devrais vous lâcher dans les galeries du nord, pour voir comment vous vous débrouillerez avec les mineurs fantômes ! Ça vous ferait les pieds !

Et il rejette son capuchon : c'est le Monstre ! Cerbère, passé un bref moment de joie, prend l'air piteux, sûr qu'il va se faire passer un savon.

— À quoi pensiez-vous, pour vous enfuir comme ça en pleine nuit ? Vous êtes complètement inconscients ! Si vous saviez le mal que j'ai eu pour vous retrouver ! gronde le Monstre en te hissant dans le chariot.

Il t'ôte tes chaînes, ainsi qu'à Cerbère, qu'il continue à accabler de reproches. Tu expliques au Monstre que tout est de ta faute et que tu as *absolument* besoin de retrouver Maître Flamel...

— Eh bien, mon garçon, si tu veux continuer ton voyage, prouve-moi d'abord que tu es capable de penser. Tiens, réponds à cette énigme :

« Autrefois, j'avais plusieurs animaux chez moi. Combien, sachant que tous sauf deux étaient des chiens, tous sauf deux étaient des chats, et tous sauf deux étaient des perroquets ? »

Réfléchis bien. Tu penses connaître la réponse ?
Va vérifier si tu as raison en fin de livre.

✤ Si tu as trouvé la bonne réponse, continue en 42, page 77.
✤ Si tu n'as pas trouvé, ou que la réponse est mauvaise : navré, mais le Monstre est intraitable. Vous rentrez à sa grotte et ton aventure dans le Monde noir touche déjà à sa fin.

La ruée vers l'or a laissé des traces dans le Grand Ouest : percées de tunnels et de galeries, la plupart des anciennes mines abritent aujourd'hui des fantômes.

Au premier étage, un buffet a été dressé dans une pièce vide, et les adultes se pressent contre la table pour accéder aux verres de champagne et aux petits fours. Ton oncle s'est mêlé à la foule. Plutôt que de te bourrer de tartelettes salées, tu préfères pour ta part continuer ton exploration. Tu empruntes donc l'escalier qui mène au sommet.

Te voici sur une terrasse en plein air, détrempée par la pluie. Paris s'étend à tes pieds, avec ses toits gris, ses clochers, ses immeubles à perte de vue. Devant toi une sculpture qui représente un grand lion.

❧ Tu t'approches du lion, va en 6, page 24.
❧ Tu continues ta visite, va en 7, page 34.

À Urba Grande, le capitaine Van Helsing te confie à un marchand d'esclaves, tout comme le pauvre Cerbère qui porte trois muselières, et d'énormes chaînes à ses pattes.

– Ah, ah ! s'exclame le marchand, un gros chauve aux épaules couvertes de tatouages. Un enfant ! Très bien, ça — j'ai des tas de clients qui seront ravis de te faire travailler, ou bien de te manger !

Exposé dans un enclos en compagnie d'une foule de monstres à l'air résigné, tu vois défiler, de l'autre côté des barreaux, des acheteurs soupçonneux, qui négocient avec le marchand.

– Marchandise fraîche ! crie ce dernier en tirant sur ta corde pour te faire réagir. Cerbère émet des grognements étouffés, roule des yeux furibards et secoue ses têtes en tous sens, mais rien à faire, impossible de se libérer.

Un grand bonhomme en long manteau et capuche sombre se penche vers le marchand et discute avec lui. « Les deux ? C'est que ça va être très cher, monseigneur, déclare le gros chauve avec un sourire cupide : ils sont de première fraîcheur. »

Tu n'entends pas la réponse du grand homme mais les négociations se poursuivent un long moment...

Finalement, le marchand ouvre l'enclos pour vous confier à l'acheteur, lequel saisit vos cordes et, sans même se retourner, vous tire au sein de la foule du marché. Tu as juste le temps d'entendre le marchand crier : « Bonne affaire, monseigneur ! Ils seront parfaits pour le travail aux mines ! »

✘ *Tu es bien obligé de suivre ton nouveau propriétaire jusqu'en 41, page 82.*

Tout se vend sur les marchés d'Urba Grande... Les meilleurs fruits, les plus beaux télescopes, des fusils, des boussoles... et des gens !

et escalier de pierre blanche est semblable à celui que tu as emprunté tout à l'heure. Peu à peu cependant, tu remarques une différence : la froide humidité se met à faire place à une certaine chaleur ; sous tes doigts, la pierre de la muraille devient sèche.

Arrivé au bas des marches, tu te retrouves dans une vaste pièce encombrée de meubles anciens. Des étagères encombrées de vieux grimoires ornent la plus grande partie des murs. Au sol, un épais tapis de laine recouvre le plancher. Tenue par une corde à pompon dorée, une lourde tenture encadre une porte close...

Serait-ce une pièce habitée de la tour Saint-Jacques ? Sur une table au bois luisant, des parchemins sont répandus en désordre. Tu t'en approches mais ne peux pas les lire, car ils sont écrits dans une langue que tu ne connais pas. Au bas d'un document, tout de même, un nom attire ton attention : Nicolas Flamel.

Continuant à faire le tour de la pièce, tu observes un portrait dans un beau cadre doré, puis, soulevant une autre tenture, tu découvres une fenêtre aux vitres de verre dépoli. Des rayons de soleil entrent dans la pièce. Ouvrant plus largement le rideau, tu découvres un ciel d'azur et retiens un cri de stupeur : des lourds nuages de tout à l'heure, il n'y a plus la moindre trace. Et puis, surtout, un étrange paysage se devine...

❧ *Tu ouvres la fenêtre pour mieux voir, va en 13, page 72.*

Portrait de Nicolas Flamel, alchimiste et historien du Monde noir.

Le Monstre prend un bol et te sert une bonne rasade du liquide doré. Refuser de boire te paraît délicat : il a beau sourire et s'efforcer d'être gentil, il continue à te faire un peu peur. Tu prends donc le bol, renifle timidement le liquide qui te pique agréablement le nez et, sans respirer, en bois une gorgée. Eh ! Mais... c'est bon !

C'est même très bon. C'est du cidre, le Monstre avait raison. Tu finis vite ton bol et questionnes le Monstre :

— Vous avez dit que demander à Maître Flamel s'il existait un passage dans l'autre sens ne serait pas si simple. Pourquoi donc ?

❧ *Va en 22, page 67.*

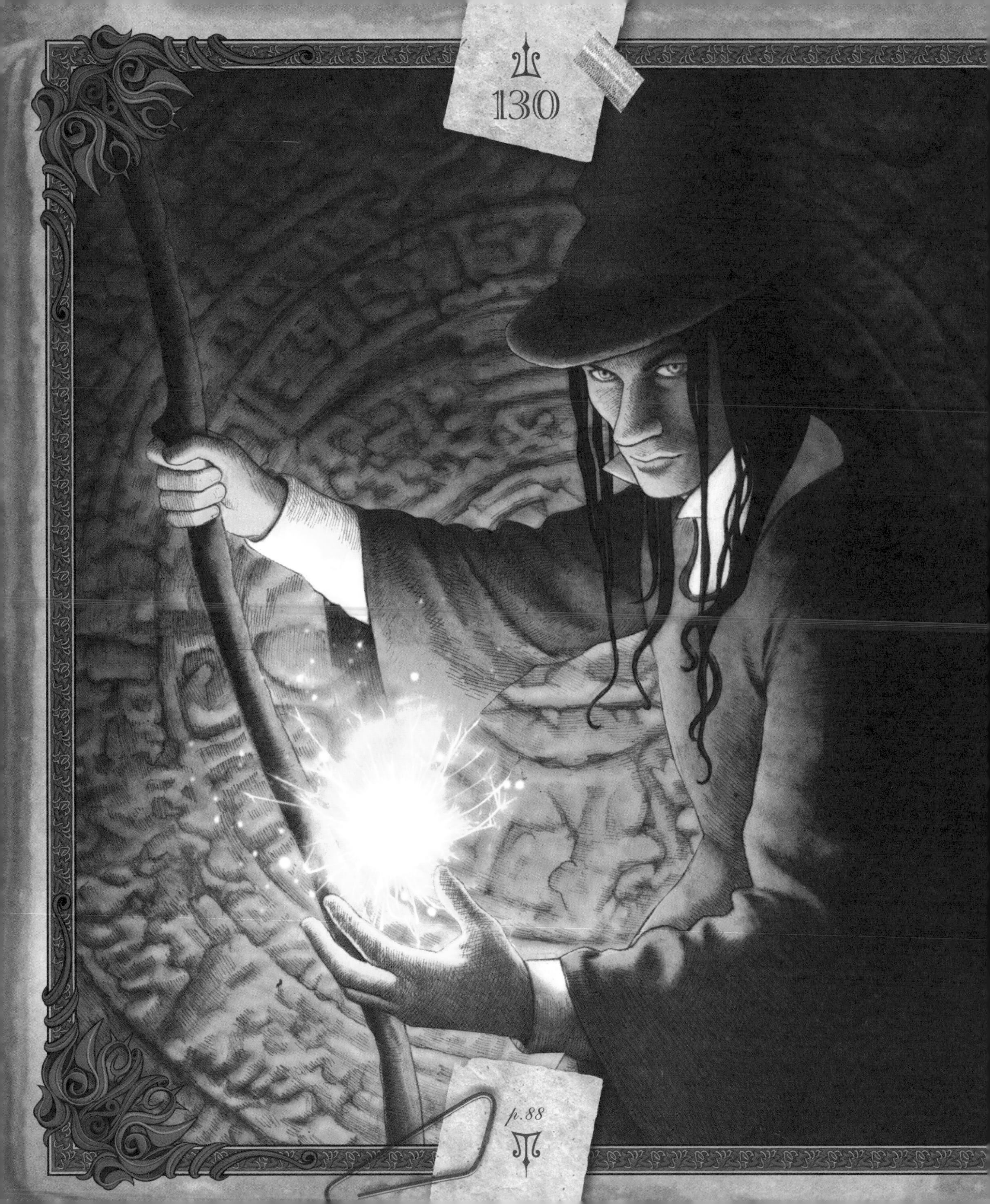
130
p.88

La nuit est profonde et tout Grand-port semble dormir. Aux abords d'une nouvelle petite place, un mendiant t'attrape le bras.

– La charité, mon jeune ami. La charité !

Retournant tes poches, tu retrouves une piécette oubliée, que tu laisses tomber dans la main du mendiant. Celui-ci, qui n'a pas l'air si âgé, se confond en remerciements.

– Les dieux te le rendront au centuple, mon jeune ami.

Tu te contentes de sourire. Prêt à s'éloigner, l'homme se retourne vers toi.

– Oh, mais tu parais soucieux. Y a-t-il quelque chose que je puisse faire pour t'aider, à mon tour ?

Avec un soupir, et songeant à quel point ta requête a peu de chances d'être satisfaite, tu lui parles du sorcier vert. Le visage du mendiant s'illumine.

– Lui ? Mais je le connais bien. Certains l'appellent le sorcier vert, comme toi, d'autres le surnomment Merlin, l'enchanteur ou je ne sais quoi. C'est l'ami des créatures de la nuit, des parias et des faibles comme moi. Viens, suis-moi, je vais te conduire à lui !

Le Monstre et toi échangez un regard. Tu as du mal à croire que ce mendiant puisse te jouer un mauvais tour après que tu lui as donné de l'argent.

Vous descendez vers la vieille ville, tournez à droite, puis à droite encore, et vous arrêtez devant une venelle mal éclairée.

– Allez tout droit. Il est là presque toutes les nuits.

Tu remercies le mendiant avec effusion. L'homme prend congé, vous laissant seuls.

✤ *Va en 127, page 30.*

Dans un premier temps, tout se passe à merveille : ayant atteint le sommet de la tour avec Cerbère, tu grimpes à sa suite dans la structure en bois, et vous vous retrouvez dans un espace tendu de toile, avec un sol en bois, au-dessus de l'habitacle des passagers de l'*Ulysse*. Le matin venu, le dirigeable décolle, direction Urba Grande.

— Mais qu'est-ce que vous faites là ? s'écrie un marin.

L'homme vient d'apparaître subitement dans votre cachette, alors que Cerbère t'avait juré que les marins du dirigeable ne venaient jamais là ! Tu bredouilles une excuse et Cerbère se met à grogner.

— Vous n'avez pas le droit de vous trouver ici, répète le marin en s'avançant. Vous avez des billets ? Où sont tes parents, petit ? Hééé !

Pendant que Cerbère bondit sur le marin, tu fonces dans la direction inverse. Une échelle disparaît dans la structure du dirigeable : tu commences à grimper.

Mais bientôt, pris d'un doute, tu t'arrêtes.

✖ *Tu ne vas quand même pas abandonner ce brave Cerbère ? Si tu redescends de l'échelle, va en 37, page 99.*

✖ *Tu penses qu'il serait plus prudent de sauver ta peau, et rien que ta peau. Va en 38, page 122.*

74

Avec un grand sourire, le djinn frappe deux fois dans ses mains. De l'autre côté du point d'eau, deux jeunes femmes vêtues de voiles colorés s'avancent, portant des plateaux de victuailles. Une fois que vous avez bien festoyé, le djinn tape encore dans ses mains et, cette fois, c'est un tapis qui apparaît, un beau tapis volant aux motifs compliqués.

– Montez dessus sans crainte, affirme le djinn. Ce tapis sera votre ami et vous mènera où vous devez aller.

✦ *Le Monstre, Cerbère et toi-même vous installez sur le tapis, qui s'agrandit pour faire de la place pour tous. Le voyage commence : vole jusqu'en 76, page 133.*

Le Monstre ne peut plus reculer : adossé à la falaise, il cherche vainement de tous côtés comment s'échapper. Et Cerbère est trop loin !

Tu n'as pas le choix. T'accroupissant, tu ramasses une pierre et la jettes sur la créature à peau noire. Furieuse, celle-ci se retourne d'un bloc. À présent, c'est après toi qu'elle en a... Au moins as-tu permis à ton ami de s'écarter promptement.

Clignant des yeux, le wendigo s'avance. Pas à pas, tu recules, attendant le moment inévitable où il te bondira dessus.

—Chaud devant !

Lancé comme un boulet, Cerbère passe en trombe à tes côtés et percute le wendigo de plein fouet. Celui-ci se relève néanmoins aussitôt, un peu sonné.

—Grimpez sur mon dos, crie Cerbère. Vite !

Le Monstre et toi ne vous faites pas prier. Vous vous accrochez à la fourrure de votre ami à trois têtes, qui fait brusquement volte-face et prend la poudre d'escampette.

—Cramponnez-vous ! Ça va secouer !

Aussitôt, le wendigo se matérialise juste devant vous. Cerbère bondit sur le côté tandis que, baissant la tête, tu esquives les griffes de la bête de justesse. Galopant en zigzag, vous parvenez difficilement à l'éviter. Plusieurs fois, vous manquez vous rompre les os.

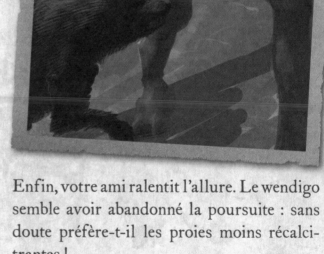

Enfin, votre ami ralentit l'allure. Le wendigo semble avoir abandonné la poursuite : sans doute préfère-t-il les proies moins récalcitrantes !

Le problème, c'est que vous êtes repartis vers le nord. Sautant à terre, le Monstre se gratte le crâne.

— Tant pis, nous allons faire un détour. Direction Bambou-Ville !

❧ *Poursuis ta route en 103, page 75.*

Mais j'ai tellement faim ! supplie Cerbère. Vous n'entendez pas ce grondement ? Ce n'est pas le tonnerre, non. C'est mon estomac !

Tu te passes une main sur le visage. Ce chien est très gentil, mais il commence à te fatiguer, avec ses jérémiades incessantes et ses trois langues pendantes ! Tu t'apprêtes à lui demander de se taire quand tu réalises qu'il vous a faussé compagnie. Le Monstre t'attrape par le bras.

– Que les dieux nous protègent..., murmure-t-il.

Sur une grande place écrasée de soleil, Cerbère s'avance en grondant. Les badauds s'écartent sur son passage.

Devant un marchand de viande d'agneau, il s'arrête, clignant des yeux. Puis il se jette sur une série de côtelettes, qu'il engloutit d'un coup, ses trois mâchoires claquant en cadence.

Furieux, le marchand se précipite sur lui. Cerbère se dégage et prend la fuite, bientôt poursuivi par une foule en colère.

Et le voilà qui vient vers vous !

– Ne restons pas là, souffle le Monstre en prenant ses jambes à son cou.

Bientôt, vous courez tous les trois dans les étroites ruelles de Bagdad, devant des poursuivants de plus en plus nombreux. Ils vont vous rattraper.

Au sommet d'un escalier, vous débouchez sur... le vide ! Il faut sauter pour atteindre le toit d'en face.

Peut-être serait-il plus judicieux de se rendre ?

❧ *Si tu estimes qu'il est plus prudent de négocier avec le marchand, va en 82, page 153.*

❧ *Si tu prends le risque de sauter au-dessus de la ruelle, va en 81, page 131.*

D'entre les hautes tiges de bambou surgit d'abord un visage féminin entouré d'une crinière de fauve, puis la créature tout entière : corps de lion aux muscles puissants roulant sous une peau au pelage roux, grandes ailes repliées sur les flancs...

– Une sphinge ! s'exclame Cerbère.

– Je croyais que leur existence était une légende, murmure le Monstre, qui recule prudemment.

– Bonjour, souffle la créature d'une voix suave. Bienvenue dans mon domaine. Une légende, disiez-vous ? Voyons, voyons : vous savez bien que dans le Monde noir tous les mythes deviennent réalité... J'ai toujours été là, mais c'est seulement depuis que l'Orient magique s'est ouvert aux autres contrées que vous pouvez avoir l'honneur de faire ma connaissance...

Son sourire découvre toutes ses dents : ce n'est pas une vision très rassurante...

– Oh, mais que vois-je ? ajoute la sphinge. Un petit d'homme, ici ? Quelle chance ! Il y a si longtemps que je n'ai pas mangé de chair humaine !

S'asseyant au bord du ruisseau, la sphinge te fixe avec calme de son regard doré, et te pose cette énigme :

« Quel est l'animal qui marche à quatre pieds
le matin, deux à midi, et trois le soir ? »

Réfléchis bien. Tu penses connaître la réponse ? Va vérifier si tu as raison en fin de livre.

❧ Si tu as trouvé la bonne réponse, continue en 47, page 39.

❧ Tu ne sais pas répondre, ou tu t'es trompé ? En rien de temps, la sphinge te dévore !
Pas de chance, ton aventure dans le Monde noir est déjà finie. Tu étais prévenu : c'était
un voyage très périlleux... Mais il te suffit de recommencer au début pour que le jeu reprenne...

À ta demande, Cerbère se précipite sur les barreaux avec une telle fougue que le mur se fendille aussitôt. Encore un assaut et tu parviens à desceller un bloc. Glissant la tête dans l'ouverture, tu repères une corniche qui permet d'accéder au toit de la prison. Tu passes le premier et tends la main au Monstre pour qu'il te rejoigne. Puis vous n'êtes pas trop de deux pour hisser le pauvre Cerbère à votre suite.

Sauvés ? Pas tout à fait, car votre remue-ménage a attiré l'attention. Alors que vous courez sur le toit, un personnage à la mise extravagante, un cimeterre dans chaque main, vous barre la route.

– Je suis Rostam le justicier. Peu m'importent le bien et le mal. Ce qui m'intéresse, c'est la bravoure et l'astuce. Méritez-vous de vous échapper ? Toi ! dit-il en te désignant, réponds donc à cette énigme :

Un émir mourant fait venir ses deux fils. « Vous voyez ce minaret à l'horizon ? leur dit-il. Celui d'entre vous dont le cheval arrivera en dernier à son pied héritera de mon immense fortune. » Les deux fils se précipitent vers l'écurie et partent au triple galop vers le minaret. Pourquoi se pressent-ils ainsi ?

Tu penses connaître la réponse ?
Va vérifier si tu as raison en fin de livre.

❧ *Si ta réponse est bonne, va en 86, page 160.*
❧ *Si tu t'es trompé, ou que tu n'as pas trouvé, le guerrier Rostam vous rend à vos geôliers. Hélas ! Tes amis et toi allez pouvoir réfléchir à son énigme pendant de très, très longues années !*

omment toi refuser aide moi, étranger ? Pas connaître dangers qui rôdent hors des murs de Bambou-Ville ? Avoir envie mourir ?

Le marchant d'onguents est furieux. Il te fixe longuement, et c'est alors que tu t'aperçois qu'il porte un œil de verre. Puis il s'éloigne en claudiquant, et ses marmonnements te poursuivent longtemps. Peut-être as-tu commis une erreur ?

Le Monstre pose une main sur ton épaule.

– Ne t'inquiète pas. Nous nous en sommes toujours sortis jusqu'à présent, pas vrai ?

Tu te contentes de hocher la tête.

Vous passez le reste de la journée à visiter la ville ; mais le visage du marchand continue de te hanter.

Demain, vous poursuivrez votre périple vers l'Est.

❖ *Va en 106, page 106.*

un copieux petit déjeuner. Le Monstre a l'air d'excellente humeur.

– J'ai discuté avec l'un des villageois. Nous avons bien fait de rester ici cette nuit. Il paraît que la région est infestée de zombies. Tapis dans les cimetières, ils attendent les voyageurs imprudents.

Quelque temps plus tard,

Avec la majorité des autres passagers, vous trouvez refuge chez les habitants d'un petit village, au bord des marécages.

On vous accueille avec beaucoup de gentillesse et on vous sert des bols de soupe chaude. Blotti contre Cerbère, tu écoutes les histoires des voyageurs, installé devant un grand feu. La danse des flammes, la voix tranquille des conteurs, la douce chaleur de la salle commune finissent par avoir raison de ta résistance : tu t'endors. Lorsque tu te réveilles le lendemain matin, la tempête s'est dissipée et les nuages se sont dispersés à l'horizon. Attablés avec des fermiers, vous engloutissez

le capitaine du *Narval doré* vient vous avertir que le navire est prêt à repartir.

Rassemblant vos affaires, vous repartez avec les autres passagers. Le temps que vous arriviez au bateau, et le ciel s'est de nouveau assombri. C'est un phénomène bien connu dans la région : il fait rarement beau plus d'une journée. Les habitants de Lacrymosa sont connus pour leur caractère mélancolique ; ceci explique peut-être cela ? Vous montez à bord, et le capitaine souffle dans sa corne de brume. Quelques heures plus tard, vous accosterez à Lacrymosa, capitale des Marais de la mort.

❧ *Va en 136, page 29.*

erbère ne pensait pas que le voyage se déroulerait ainsi, c'est sûr ! Les matelots de l'*Ulysse* ont enfermé le chien à trois têtes dans une cage de la soute. Pour ta part, n'ayant aucune chance de fuir ou de te dissimuler dans l'espace restreint du dirigeable, tu es obligé d'accepter de te rendre à ton tour, et tu n'es pas mieux loti : le ca-pitaine décide de te vendre comme esclave... Tu vas bien aller à Urba Grande, comme tu le voulais, mais pas du tout dans les conditions prévues ! Avec un ricanement de mépris, le capitaine Van Helsing t'explique qu'il espère tirer un excellent prix de ta petite personne.

❖ *Il ne reste plus qu'à te rendre en 39, page 85.*

Il ne faut pas compter sur un code de la route au sein du Monde noir ! La circulation à Urba Grande est chaotique, aussi dangereuse que ses habitants sont nombreux.

p.100

Après vous avoir offert à déjeuner dans la plus étrange auberge que tu aies jamais vue, Barnum vous mène à sa galerie : c'est un magasin d'animaux... vraiment pas comme les autres ! Il faut dire que, dans le Monde noir, des animaux, même domestiques, il y en a de réellement *très* bizarres : des basilics (les yeux bandés), des amphisbènes (possédant une tête à chaque bout de leur corps de serpent), des phénix (aux plumes en feu)...

Intrigué, tu t'approches d'une pyramide de petites maisons métalliques :

– Des niches en fonte, pour les dragons ! explique Barnum.

Un dragon, il y en a justement un petit dans la cage à côté. Ses belles écailles rouges scintillent, et il t'observe de ses pupilles fendues. Soudain, sa gueule s'ouvre.

– Une question facile pour toi, mon petit ami :

« *Un berger possède 27 moutons. Tous meurent sauf 9. Combien en reste-t-il ?* »

Réfléchis bien. Tu penses connaître la réponse ? Va vérifier si tu as raison en fin de livre.

✥ *Si tu as bien répondu, continue en 58, page 13.*

✥ *Quelle déception, tu n'as pas su répondre correctement ! Que va-t-il se passer ? Rends-toi en 59, page 22.*

La grande salle du Chercheur d'or, dans l'auberge d'Urba Grande dont la spécialité est le sandwich au crotale...

Vous sortez de la tour et suivez un chemin de sable blanc tracé le long du rivage. Sur ta gauche gronde l'océan. Sur ta droite s'élève une chaîne de montagnes escarpées.

Le Monstre te désigne au loin la grotte vers laquelle vous vous dirigez : c'est là qu'il habite. Tu lui poses une question qui te brûle les lèvres :

— Dans quelle direction sont partis Maître Flamel et William ?

Le Monstre se gratte la tête.

— Ils sont allés vers New Hartford, la ville la plus proche, et ils ont pris un ballon pour la capitale du Grand Ouest... Ah, tu dois avoir l'impression que je parle chinois, non ?

Tu fais non de la tête.

— Apprends, mon garçon, que notre continent est découpé en contrées, dont six seulement sont connues. Ici, nous nous trouvons dans la contrée de la Côte sauvage. Derrière les montagnes, au nord, s'étend la contrée du Grand Ouest. Sa capitale est Urba Grande. William et Flamel pensaient y trouver un moyen de transport pour gagner une nouvelle contrée inconnue qui vient de s'ouvrir... William est un explorateur : alors, bien sûr, il était très impatient de faire ce voyage...

— Mon maître est très courageux ! jappe Cerbère, qui bondit à vos côtés en faisant trembler le sol. Oui, oui, partons à leur recherche !

— On va voir ça..., grogne le Monstre.

❧ *Tu aides Cerbère à essayer de convaincre le Monstre : il faut partir sans tarder ! Va en 26, page 107.*

❧ *Tu accompagnes le Monstre à sa grotte en attendant la suite : va en 30, page 152.*

Après avoir erré quelque temps dans le labyrinthe du souk, vous parvenez à dénicher, dans une petite cour, un étal de pâtisseries bon marché. Cerbère se jette dessus avant même que vous ayez eu le temps de sortir votre argent. Le marchand proteste, mais le Monstre a tôt fait de lui payer ce que vous lui devez.

L'instant d'après, vous voilà assis tous les trois à l'ombre d'un palmier, près d'une jolie fontaine, à l'écart du tumulte de la ville. Le Monstre te tend un verre de citronnade que tu bois avec plaisir. Pour la première fois depuis bien longtemps, tu savoures le simple fait d'être en vie, et rentrer chez toi ne te semble plus si important.

L'instant d'après, tu penses à tous ceux que tu as laissés dans notre monde, et une angoisse indéfinissable te serre le cœur.

Que faire maintenant ?

Dans le lointain, t'apparaissent les tours et les bulbes du palais du sultan, vacillant dans les ondes de chaleur. Peut-être accepterait-il de vous aider.

❈ *Si tu penses que vous devriez lui demander une audience, va en 85, page 148.*
❈ *Si tu estimes qu'il est préférable que vous vous en sortiez seuls, va en 86, page 160.*

Sitôt la réponse articulée à voix haute, un petit déclic se fait entendre dans l'appareil et, au moment même où les goules défoncent la porte, un éclair jaillit dans toute la pièce, vous obligeant à fermer les yeux. Un sifflement insupportable s'élève au-dessus de la ville. Vous tombez tous à terre.

Au bout de quelques minutes, lorsque le silence revient enfin, vous vous relevez lentement. Un merveilleux calme flotte sur Cotton Town. Les goules ont disparu !

Vous sortez dans la rue au milieu de la nuit. Personne ne comprend très bien ce qui s'est passé. Une chose est certaine cependant : le Purificateur a rempli son office. Les horribles créatures se sont littéralement volatilisées.

La rumeur se répand que c'est toi qui as sauvé la ville. Remis de leur stupeur, les habitants se pressent autour de toi. Bien sûr, la bataille auparavant a fait rage, et les morts se comptent par dizaines. Mais le cauchemar est terminé. Chacun veut te dire un mot, te toucher, te remercier.

Le shérif, à qui vous êtes présentés, te félicite chaleureusement et propose de t'offrir l'hospitalité à Cotton Town aussi longtemps qu'il te plaira. Tu remercies avec gratitude, mais tu es forcé de refuser. Le shérif ne se formalise pas. Il te remet une bourse bien remplie, et te souhaite bonne chance pour la suite de ta quête.

Le lendemain matin, toi et tes deux amis traversez le pont majestueux qui enjambe la Grande Crevasse et mène à Bambou-Ville.

❦ *Continue ta route en 103, page 75.*

Ayant échappé à ton destin d'esclave ainsi qu'aux bandits des sables qui vous ont attaqués, tu t'effondres au bord du fleuve et commences à boire, pratiquement mort de soif après ta traversée du désert. Cerbère, tout heureux, s'ébroue dans l'eau tandis que le Monstre plonge une énorme main pour se désaltérer lui aussi. Des poissons glissent et bondissent dans le courant tandis que, sur l'autre rive, des canards se reposent sous un arbre.

– Halte-là ! s'exclame une voix grave. Qui êtes-vous pour troubler le repos de mon onde ?

Tu cherches autour de toi qui a parlé : les poissons ont l'air d'être de simples poissons, les canards de simples canards...

L'arbre s'agite, une bouche se creuse dans son tronc :

– Pour avoir bu de l'eau de mon fleuve, vous devrez répondre à ma question ! déclare l'arbre d'un ton très agressif en secouant ses branches.

« *Regardez mes fruits. Du côté de l'eau, ils portent des écailles, du côté de l'herbe ils portent des plumes. Qu'est-ce qui naît de ces fruits ?* »

Réfléchis bien. Tu penses connaître la réponse ? Va vérifier si tu as raison en fin de livre.

✣ Évident, n'est-ce pas ? Si tu as trouvé la bonne réponse, continue sans crainte en 53, page 18.

✣ Tu n'as pas trouvé, ou tu as fait erreur ? Gare à la colère de l'arbre : va en 54, page 57.

Au matin suivant, vous laissez Bambou-Ville derrière vous. La zone des plantations, que vous traversez maintenant, est la partie la plus civilisée du Grand Ouest. Les humains y sont majoritaires.

– Ce n'est pas le cas dans le reste du territoire, t'explique le Monstre. La Désolation est hantée par de redoutables sorcières, qui passent leur temps à concocter des potions répugnantes, à base de chien ou je ne sais quoi.

– Hein ?

Les trois têtes de Cerbère manquent s'étrangler en même temps. Le Monstre t'adresse un clin d'œil.

– Je plaisantais, vieux frère. Enfin, je crois. De toute façon, les seuls représentants de la race canine que l'on croise ici sont les chiens-monstres, et je doute que les sorcières aient envie de s'y frotter.

À quoi peut ressembler un chien-monstre ? te demandes-tu.

Le lendemain soir, alors que vous approchez du sinistre carrefour de la Potence, trois créatures fantomatiques vous barrent la route : des chiens-monstres !

Vous balayez la plaine du regard. Un seul arbre, planté en plein champ, semble crier votre nom.

– Courez ! conseille le Monstre.

Vous prenez tous les trois vos jambes à votre cou et parvenez à temps à vous hisser dans l'arbre. Hélas ! Au dernier moment, l'un des molosses referme ses crocs fantomatiques sur ton mollet. Tu te dégages d'un coup de pied, mais dois te retenir de hurler.

Tu jettes un œil inquiet à ta plaie.

❦ Si tu possèdes un pot d'onguent Guéritout, va en 107, page 123.

❦ Si tu n'en possèdes pas, va en 108, page 138.

ous voici devant la grotte du Monstre de Frankenstein : elle se résume à une grande voûte de pierre, creusée dans une falaise surplombant l'océan et les récifs, au bord d'une plage de galets sombres.

Allumant une torche, le Monstre te guide dans son étrange demeure : une suite de cavernes emplies d'un impressionnant bric-à-brac et de piles de vieux livres, reliées par des escaliers et des échelles en bois. Pour t'expliquer le voyage que vous aurez à faire, il sort une carte d'un coffre : il t'y montre la petite ville de New Hartford, sur la Côte sauvage, et la grande cité d'Urba Grande, de l'autre côté des montagnes. William et Flamel devaient se diriger ensuite vers le nord, au-dessus du Grand Ouest.

— Alors, c'est décidé : on part à leur recher-che ? demandes-tu, peinant à cacher ton enthousiasme.

Le Monstre grogne en guise de réponse, mais tu décides de prendre ça pour un oui. Heureusement que Cerbère te soutient.

À présent, le Monstre prépare vos bagages : un gros sac de cuir pour lui, un petit sac de toile pour toi, qu'il bourre de vêtements — tu porteras ceux de William, puisque vous faites à peu près la même taille.

Il prend aussi plusieurs cartes, bien que la nouvelle contrée mystérieuse ne figure sur aucune d'entre elles.

— On ne sait jamais par où on passera..., explique-t-il.

❧ *Les préparatifs sont terminés : va en 27, page 149.*

en fourrure qui passe dans un grand vacarme de pétarades, vous demandez où mène la route. L'homme écarquille les yeux.

– À Grandport, évidemment ! Où donc voulez-vous qu'elle mène ?

Rassérénés, vous reprenez votre chemin. L'humeur du Monstre, qui s'était peu à peu assombrie, est désormais plus légère. Il a hâte de retrouver Maître Flamel et William. Flamel est un mélomane averti, et Grandport, célèbre pour son carnaval de printemps, abrite de nombreux musiciens. Peut-être y sera-t-il. Évidemment, c'est un indice assez mince mais tu t'abstiens de répliquer : après tout, tu as très envie de croire, toi aussi, que ceux que tu cherches ne sont plus très loin. Plus tu y réfléchis, plus tu réalises qu'être arrivé ici entier tient du miracle.

– Regardez !

Sautant à tes côtés, Cerbère ne se sent plus de joie. Un superbe bateau à vapeur descend le Styx, dont vous venez de retrouver les rives. À l'horizon, une cité fortifiée scintille, entourée de collines, et ouverte face au fleuve. Le chien à trois têtes s'élance avec enthousiasme et vous êtes contraints de forcer l'allure pour ne pas le perdre de vue.

L e soleil brille dans le ciel, et c'est avec un réel soulagement que vous trouvez un autre pont de lianes de l'autre côté de l'île et que vous quittez cette contrée marécageuse pour vous engager sur une route pavée.

Bientôt, vous croisez des carrioles tirées par des bœufs, des diligences à cheval et même quelques voitures à vapeur. À un négociant

❧ *Poursuis ton voyage en 121, page 132.*

Exhortant tes amis à se hâter, tu te lances à la poursuite de la supposée procession dans la rue principale de Grandport. Hélas ! On dirait bien que les sorcières t'ont semé.

Gravissant les marches d'un escalier étroit, qui longe un temple massif dédié à un dieu cornu, tu débouches sur une grande place où se réunit... une confrérie d'étudiants déguisés, répétant pour le carnaval à venir. Prenant ton courage à deux mains, tu les abordes :

– Excusez-moi... Est-ce que des sorcières ne seraient pas passées par là, il y a quelques minutes ?

Interloqués, les étudiants ne répondent pas tout de suite. Ils s'approchent de vous et vous détaillent avec intérêt. Cerbère, tout particulièrement, semble exciter leur curiosité.

– Il est à toi, ce chien ?

– Pas vraiment. C'est un ami.

– Un ami ? Tu dois être bien seul dans la vie. Et lui ?

Ils désignent le Monstre, qui essaie de sourire.

– Lui aussi, c'est...

– Un ami, d'accord, ricane le chef des étudiants. Et où est-ce que vous habitez, les « amis » ? On ne vous a jamais vus en ville. Oh, j'y suis ! Vous vous êtes échappés d'un cirque, c'est ça !

Tout le monde s'esclaffe. Tu essaies d'expliquer que tu cherches un sorcier vert mais personne ne t'écoute.

Peu enclin à endurer les quolibets et les moqueries des étudiants, tu t'en retournes tristement, suivi de Cerbère et du Monstre. Où trouver le sorcier, maintenant ?

❧ *Va en 130, page 88.*

p. 109

p. 110

Le désert, encore le désert ! Une vaste étendue de terre salée et craquelée... Vos réserves d'eau sont limitées : il s'agit de ne pas traîner en chemin.

Bien entendu, Cerbère ne cesse de se plaindre. Il faut dire que son épaisse fourrure n'est pas vraiment un cadeau.

—J'ai chaud ! gémit-il. Et trois têtes, vous imaginez ? C'est trois migraines en même temps !

Heureusement, au cœur du désert, une masse d'énormes rochers apparaît, qui offre quelques coins d'ombre. Mais à peine vous êtes-vous engagés dans l'étroit défilé qui se présente à vous qu'une voix vous force à lever les yeux.

—Qui êtes-vous, pour oser troubler ma solitude ?

Un tourbillon de poussière se matérialise au sommet d'une corniche.

—Un manitou, murmure le Monstre : un esprit du désert. Il peut revêtir l'apparence qu'il désire. Restons sur nos gardes...

Le tourbillon se mue en effet en une créature humanoïde munie de quatre bras qui se place devant toi.

—Je vais te poser une question et une seule, jeune mortel ! Si tu réponds correctement, je te laisserai poursuivre ta route. Si tu te trompes, en revanche, je te renverrai dans le passé, et tu auras tout oublié ! Écoute-moi attentivement :

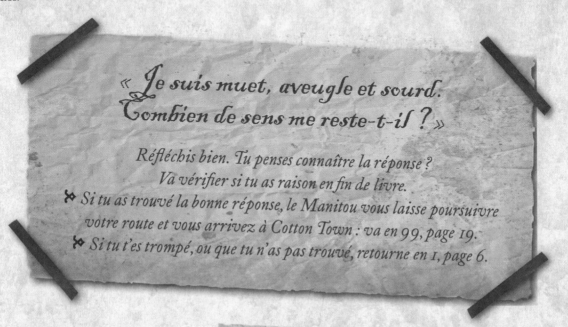

« Je suis muet, aveugle et sourd.
Combien de sens me reste-t-il ? »

Réfléchis bien. Tu penses connaître la réponse ?
Va vérifier si tu as raison en fin de livre.
❧ *Si tu as trouvé la bonne réponse, le Manitou vous laisse poursuivre votre route et vous arrivez à Cotton Town : va en 99, page 19.*
❧ *Si tu t'es trompé, ou que tu n'as pas trouvé, retourne en 1, page 6.*

Vous poursuivez votre route vers Grandport, la cité des bords du Styx. D'après le Monstre, vous trouverez William et Maître Flamel à Lacrymosa : Flamel y a des amis à qui il a pu vouloir rendre visite en revenant des Orients magiques.

Le soir venu, vous vous réfugiez dans la cour d'une ferme abandonnée où traînent les restes d'un feu. Vous ravivez les braises.

– Qu'est-ce que vous faites ici ?

La voix est grave, rocailleuse. Une ombre immense, un minotaure armé d'une hache, s'avance lentement vers vous.

– Vous êtes chez moi !

– Nous... nous ne savions pas.

Le minotaure vous toise, manifestement hésitant : que peuvent faire ici trois personnages aussi dissemblables que vous ? Tu lui expliques en deux mots l'objet de votre quête. Il hoche la tête. Lui-même n'est que de passage, à la recherche d'une vouivre femelle – redoutable créature échappée de la Tour maudite d'Aloysius. Quant à Flamel, il l'a vu en effet à Lacrymosa.

Le Monstre jubile.

– Je le savais !

Le minotaure laisse tomber sa hache et s'approche.

– Qu'est-ce qui me dit, cependant, que je peux vous faire confiance ? Toi, dit-il en te désignant, prouve-moi d'abord ta valeur. Réponds à ma question :

« Celui qui me fait me vend. Celui qui m'achète ne se sert pas de moi. Celui qui se sert de moi ne le sait pas. Que suis-je ? »

Tu penses connaître la réponse ? Va vérifier si tu as raison en fin de livre.

➤ Si tu as trouvé, le minotaure vous laisse passer la nuit dans la ferme, et vous repartez le lendemain matin. Va en 110, page 168.

➤ Si tu t'es trompé, ou que tu n'as pas trouvé, rends-toi en 111, page 136.

Le vendeur s'approche, ôte sa bâche, et pioche une petite boîte en ferraille circulaire qu'il te tend avec fierté.

– Produit miracle ! Tu mettre sur blessure et blessure disparaître. Tu vouloir combien boîtes ?

C'est alors que tu remarques qu'il porte un œil de verre.

– Euh, une seule, merci !

– Quoi !

L'unique œil du vendeur s'assombrit. Il t'indique le prix, peint en grands chiffres blancs sur sa charrette. C'est toute la somme que le shérif t'a offerte ! Tu sors ta bourse, en verses le contenu dans ta main. Finalement, tu n'es plus très sûr de toi. D'un côté, le vendeur te souffle de manière menaçante son haleine pestilentielle au visage. De l'autre, Cerbère commence à lui montrer les crocs.

– Arlock est un peu fruste, mais son produit est de première qualité, et je sais de quoi je parle. Vous menez une vie d'aventuriers, n'est-ce pas ? C'est quelque chose dont vous aurez sûrement besoin.

L'homme qui vient d'intervenir, sur les marches au-dessus de toi, est très mince, une fine peau de bête sur les épaules, les lunettes teintées.

À demi convaincu, tu remets au borgne la somme qu'il te réclame. Tout juste s'il ne jette pas ta boîte par terre, avant de s'éloigner dans un crissement d'essieux rouillés.

Un peu plus loin, il s'arrête et le personnage à peau de bête, qui l'a rattrapé, pose une main sur son épaule en murmurant à son oreille. Tu as la vague impression de t'être fait rouler.

❧ *Va en 106, page 106.*

Vraiment, on pourrait rejoindre vos amis ? demandes-tu,
plein d'espoir.

— Hum, oui, grogne le Monstre. Ce serait
peut-être possible...

— Mais oui, mais oui ! jappe Cerbère.
Il est tellement excité que les serpents de
son collier se tortillent.

— Attends, Cerbère : tu sais que ce n'est
quand même pas si simple. Nous ne sa-
vons pas où ils sont exactement. Pour les
rejoindre, il faudra d'abord aller à Urba
Grande...

Tu es tellement content de voir qu'il reste un
espoir que tu coupes brutalement la parole
au Monstre :

— Qu'est-ce que c'est, Urba Grande ?

— C'est une très grande ville, la plus grande du Monde noir. William et Flamel devaient s'y rendre d'abord pour préparer
leur expédition...

Le Monstre s'interrompt :

— Oui, bien sûr, tu ne sais rien du Monde
noir ! Ah là, là ! Mais on ne va pas en discuter
ici : allons chez moi.

❧ *Tu suis Cerbère et le Monstre vers la demeure
de ce dernier : rends-toi en 24, page 102.*

Un murmure de déception s'élève de l'assemblée des hatifnattes. Apparemment, les petites créatures étaient persuadées que tu allais trouver la bonne réponse. Troublées, impatientes, elles continuent de vous frôler, en proie à une sorte de panique.

Au-dessus de vos têtes, l'orage gronde maintenant : la nuit est illuminée d'éclairs et, à chaque coup de tonnerre, les hatifnattes scintillent comme des ampoules, émettant une lueur phosphorescente.

Soudain, aussi rapidement qu'elles s'étaient manifestées, les créatures se dispersent. Le Monstre et Cerbère se rapprochent de toi.

– Bon, fait le Monstre, au moins, ces choses n'ont pas essayé de nous tuer ou quelque chose dans ce goût-là.

Le silence retombe, seulement troublé par le bruit de la pluie. Vous scrutez les sous-bois avec inquiétude, vous attendant à tout moment à voir ressurgir les étranges créatures. Mais les hatifnattes sont bien partis.

Tu te frottes les épaules en observant le ciel. Tu ne te sens vraiment pas très bien.

Construisant à la va-vite une cabane de branchages, vous vous installez pour passer la nuit sur l'île.

Au petit matin, les nuages s'en sont allés, et l'herbe arbore un vert presque surnaturel. Vous décidez de ne pas vous attarder.

Reprends ta route et rends-toi en 117, page 108.

ous vous retrouvez bientôt en plein désert.

Heureusement, vous croisez la route d'une caravane de marchands qui acceptent que vous les suiviez. Le chef caravanier, un gaillard ventripotent répondant au nom de Bachir, passe son temps à raconter des anecdotes plus ou moins fantaisistes sur la vie dans les sables et sur la fameuse tribu des Coureurs du désert qu'il décrit comme redoutables. Au bout d'un moment, assommé par ses fables, tu décides de marcher un peu à l'écart. Le Monstre prend alors le relais.

La nuit venue, vous vous entassez, lui, Cerbère et toi, dans une tente exiguë, où vous peinez à trouver le sommeil.

Vous ne savez pas très bien où vous êtes ni où vous allez et, à vrai dire, tu commences à désespérer un peu.

Une nuit, une tempête de sable déchire vos tentes, vous forçant à vous abriter derrière des rochers. Le jour d'après, l'oasis que voulaient rallier les marchands reste introuvable, et les réserves d'eau viennent à manquer.

Il vous faut attendre le soir suivant pour la trouver enfin. Vous êtes à bout de forces.

❊ *Va vite te désaltérer en 94, page 78.*

La vapeur luminescente qui s'échappe de la fiole tenue par le Monstre forme une sorte de flaque sur le sol du laboratoire. Peu à peu, une silhouette se dessine... POUF ! Un personnage apparaît brusquement devant vous. Il s'étire, bâille tranquillement, puis regarde autour de lui, l'air un peu ahuri.

– Oh, bonjour ! Je suis le génie de la bouteille, précise-t-il assez inutilement. Répondez à mon énigme et votre souhait sera exaucé !

– *Notre* souhait ? demandes-tu. Un seul ? Je croyais que les génies exauçaient trois vœux ?

– Mais c'est qu'il est gourmand, ce garçon ! Hé ! Je fais mon boulot, moi : une énigme contre un souhait, c'est tout. Alors écoute-moi bien, miniature, sans quoi tu n'auras pas de souhait du tout :

p.118

« *Un fermier met six chèvres dans quatre enclos. Aucun enclos n'est vide. Aucun enclos ne contient un nombre impair de chèvre. Comment fait-il donc ?* »

Réfléchis bien. Tu penses connaître la réponse ? Va vérifier si tu as raison en fin de livre.

✗ Tu as trouvé la bonne réponse ? Le génie vous projette en un éclair jusqu'en 49, page 20.

✗ Tu n'as pas trouvé, tu as fait erreur ? C'était ta dernière chance : tu devras rester chez le Monstre jusqu'au retour des explorateurs, et cela risque d'être bien long. À moins que tu ne souhaites recommencer l'aventure ?

Le djinn continue d'agiter son sabre de façon menaçante. Puis il soupire, et le repasse à sa ceinture.

– J'adorerais vous découper en tranches mais franchement, quel intérêt ? Vous ne faites de mal à personne.

Plein d'espoir, tu lui adresses ton plus beau sourire.

– Alors vous allez... nous aider ?

Le djinn hausse les épaules.

– Pff ! Qu'est-ce qu'il ne faut pas entendre ! Non, je ne vais certainement pas vous aider.

Il claque des doigts et un tourbillon de vapeur s'élève du sol, qui vous enveloppe et vous fait toussoter. Quand il se dissipe, le djinn a disparu et vous êtes seuls sur les contreforts de la Grande Montagne.

Un vent glacé souffle sur la pente rocailleuse. Dépité, le Monstre s'assied sur un rocher et se prend la tête entre les mains. Cerbère, lui, balaie la plaine du regard.

– Bon, et maintenant ?

Tu t'apprêtes à marmonner une réponse quand un cheval blanc passe devant vous à toute allure. Une apparition féerique !

À ta grande surprise, Cerbère se relève d'un bond et se lance à sa poursuite. Tu échanges un regard avec le Monstre.

– Ce chien n'a pas mangé depuis trop longtemps, t'explique ce dernier. La plupart du temps, le faire obéir est assez facile. Mais aujourd'hui...

– À mon avis, soupires-tu, il faut essayer quand même...

✸ *Vous vous élancez tous deux à la suite du chien à trois têtes. Va en 77, page 162.*

erbère part devant. Tu marches derrière, courbé sous la pluie, et le Monstre ferme la marche.

– J'ai un mauvais pressentiment, gémit-il.

Tu décides de ne pas prêter attention à ses déclarations. Bientôt, le navire est loin derrière vous. Avec un peu de chance, vous serez à Lacrymosa demain soir.

Il pleut, maintenant. Il pleut de plus en plus fort, et la tempête redouble de violence. Tu ne t'attendais pas à un tel orage. Du regard, tu cherches un endroit où t'abriter, car le chemin est devenu impraticable. Un peu plus loin, alors qu'une forêt s'annonce, vous longez un muret. Un portail est entrouvert. Tu le pousses prudemment et te retournes vers les deux autres.

– Je crois que... c'est un cimetière.

– Exact, petit !

Ton cœur manque un battement. Surgissant de derrière un mausolée, une demi-douzaine de créatures répugnantes s'avancent dans votre direction. Des zombies !

– Fantastique ! s'enthousiasme l'un d'eux en se retournant vers ses congénères. De la chair fraîche, et du chien à trois têtes. C'est ce que je préfère ! Igor, à toi l'honneur pour l'énigme.

L'un des zombies fait un pas en avant.

– Écoute ça, l'avorton. Si je te dis :

j - f - m - a - m - j - j...

Quelle lettre vient après ?

Tu penses connaître la réponse ?
Va vérifier si tu as raison en fin de livre
❧ *Si tu as trouvé la bonne réponse, les zombies sont forcés de vous laisser partir. Va en 136, page 29.*
❧ *Si tu t'es trompé, ou que tu n'as pas trouvé :*
Les zombies se jettent sur vous.
Ils n'ont pas mangé depuis très longtemps.
Et toi, tu ne mangeras plus jamais...

arvenu au haut de l'échelle, tu débouches dans une autre pièce au plancher de bois et aux murs de toile, plus petite, dans laquelle vibrent des tuyaux montant de la nacelle ou s'enfonçant dans les profondeurs du dirigeable. Derrière toi, tu entends les pas du marin, que Cerbère n'est pas parvenu à arrêter. Avant qu'il ne t'attrape, tu bondis sur une autre échelle et franchis une nouvelle trappe. Cette fois, des poutres en métal s'étendent devant toi, formant une sorte de toile d'araignée longiligne : c'est la structure portante des ballons du dirigeable.

Le marin passe sa tête par la trappe :

— Reviens ici, toi ! beugle-t-il.

Te retenant aux montants, tu te mets à courir de plus belle. Les poutres métalliques vibrent sous tes pas. Tout autour de toi, il n'y a que la toile gonflée du ballon, agitée de puissants tremblements. Pas le temps de te poser de questions. Il doit s'agir du vent, ou d'un gonflement mécanique, peu importe : tu cours droit devant !

— Reviens, je te dis ! rugit le marin derrière toi. Tu sais ce qu'on fait aux passagers clandestins dans ton genre ?

Tu ne perds pas ton souffle à lui répondre. D'ailleurs tu n'as pas du tout envie de savoir. Tu arrives au bout de la poutre et... rien : tu te retrouves au bord du vide. Les nuages défilent en contrebas. La main épaisse du marin s'abat sur ton épaule.

❧ *Tu décides de te rendre : va en 37, page 99.*
❧ *Tu appelles Cerbère au secours, quitte à le mettre en difficulté : va en 40, page 58.*

Tu relèves ton bas de pantalon. La morsure n'est pas très profonde mais elle te fait horriblement souffrir. Perché sur ta branche, tu dévisses en tremblant le couvercle de ton pot de Guéri-tout. Une odeur pestilentielle s'en échappe. Tout ceci ne te dit rien qui vaille. Encouragé par tes amis, tu appliques l'onguent sur ta plaie avec une grimace de dégoût.

Une vague de douleur te force à fermer les yeux. Après quelque temps, elle finit par passer. Tu jettes un œil à ton mollet. On dit qu'une morsure de chien-monstre ne disparaît jamais complètement. Peut-être est-ce vrai, mais ta plaie à toi s'estompe déjà, et tu ne sens presque plus rien.

Tu souris à tes amis.

– Incroyable ! Qui aurait cru que ce truc puant et hors de prix marchait vraiment ?

Le crépuscule avance sur la plaine et les chiens-monstres, las d'attendre au pied du tronc, s'éloignent déçus en quête de proies plus faciles.

Dès qu'ils ont disparu à l'horizon, vous redescendez, brossez vos vêtements et vous félicitez mutuellement d'être en vie. Puis vous reprenez votre route vers ce qu'une ancienne pancarte à moitié pourrie annonce comme étant Grandport, le port des Marais de la mort qui se trouve sur les rives du Styx, où vous espérez retrouver la trace de William et de Nicolas Flamel.

❧ *Poursuis ta route en 109, page 112.*

D'un air menaçant, l'épouvantail lève sa faux et... la fait siffler au-dessus de ta tête en éclatant d'un rire sardonique.

– Bien joué, petit mortel.

Ouf ! Tu avais bien cru ta dernière heure arrivée !

Le fait que tu as répondu correctement à l'énigme est une bonne chose : toutes les créatures du Monde noir respectent ça, et si une malédiction pesait sur toi, la voilà levée. L'épouvantail s'avance vers toi.

– Tu ne devrais pas trop abuser de ma patience, petit mortel. Je n'ai tué aucun voyageur depuis trois jours et j'avoue que l'odeur du sang commence à me manquer. Tu vois ce champ de maïs ?

Tu ne peux que hocher la tête.

– Cours (il désigne un point à l'horizon). Là est ton salut, et là t'attendent probablement tes amis – en tout cas, c'est dans cette direction que je les ai vus partir. Fuis vite, petit mortel. Je te laisse une minute, après quoi je me lancerai à ta poursuite pour te découper en rondelles. Allez !

Abasourdi, tu t'élances sans discuter. Ton cœur bat à toute allure. L'épouvantail a-t-il vraiment l'intention de te tuer ?

Après une course épuisante dans les maïs, tu débouches sur une zone marécageuse, traversée par un vaste cours d'eau. Il pleut, la nuit va tomber et, faute de mieux, tu te réfugies pour dormir sur une petite île à laquelle mène un pont de lianes. Mais où sont passés tes amis ?

Le lendemain, alors que tu t'apprêtes à repartir seul, les voilà qui surgissent. Les retrouvailles sont chaleureuses, et vous cherchez aussitôt comment passer de l'autre côté du fleuve.

❧ *Va en 117, page 108.*

Votre trio s'enfonce dans les hauteurs, là où se trouvent, dit-on, les meilleures auberges de la ville. Après dix minutes d'errance infructueuse, vous finissez par dénicher une enseigne qui vous semble convenable... et qui n'affiche pas complet. Sitôt acquitté le tarif d'une chambre double, grâce aux dernières réserves du Monstre, vous montez lui et toi à l'étage : Cerbère restera dormir devant la cheminée de la grande salle.

La chambre est spartiate, mais tu es perclus de fatigue après tes aventures des derniers jours, et tu t'endors sans difficulté.

Au milieu de la nuit, des hurlements te réveillent. Tu sors de ton lit à toute vitesse. Le Monstre tient la porte ouverte et te montre les escaliers.

– Descendons, vite !

À sa suite, tu dévales les marches quatre à quatre, sans comprendre ce qui se passe. Des cris de terreur emplissent l'auberge. On se bat à l'étage. Cerbère court à votre rencontre.

– C'est le fils de l'aubergiste, j'ai tout vu ! Lui et ses amis étaient ivres, ils ont voulu s'amuser avec un manuel de démonologie et...

Il s'arrête net.

Un démon à la peau dorée s'avance vers vous, arborant un rictus effrayant. Il fait près de trois mètres, et ses yeux sont injectés de sang. Derrière lui, une petite trappe est entrouverte, mais il va falloir détourner l'attention de la créature pour l'atteindre. D'autant que ses congénères arrivent...

– Est-ce que tu as de l'argent sur toi ? murmure le Monstre.

❧ *Si plus tôt tu as gagné un florin, jette-le au démon et gagnez la trappe en 129, page 141.*
❧ *Si tu n'as pas d'argent... le démon se jette sur toi et te taille en pièces. C'en est fini de tes aventures dans le Monde Noir !*

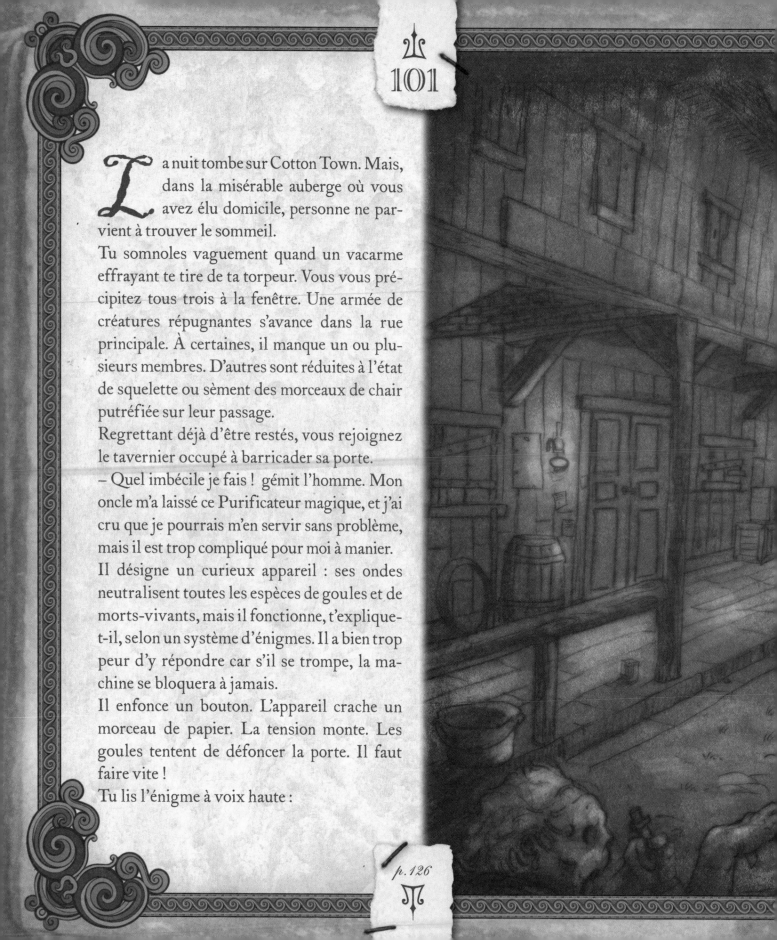

La nuit tombe sur Cotton Town. Mais, dans la misérable auberge où vous avez élu domicile, personne ne parvient à trouver le sommeil.

Tu somnoles vaguement quand un vacarme effrayant te tire de ta torpeur. Vous vous précipitez tous trois à la fenêtre. Une armée de créatures répugnantes s'avance dans la rue principale. À certaines, il manque un ou plusieurs membres. D'autres sont réduites à l'état de squelette ou sèment des morceaux de chair putréfiée sur leur passage.

Regrettant déjà d'être restés, vous rejoignez le tavernier occupé à barricader sa porte.

– Quel imbécile je fais ! gémit l'homme. Mon oncle m'a laissé ce Purificateur magique, et j'ai cru que je pourrais m'en servir sans problème, mais il est trop compliqué pour moi à manier.

Il désigne un curieux appareil : ses ondes neutralisent toutes les espèces de goules et de morts-vivants, mais il fonctionne, t'explique-t-il, selon un système d'énigmes. Il a bien trop peur d'y répondre car s'il se trompe, la machine se bloquera à jamais.

Il enfonce un bouton. L'appareil crache un morceau de papier. La tension monte. Les goules tentent de défoncer la porte. Il faut faire vite !

Tu lis l'énigme à voix haute :

« 1, il y en a 2. 2, il y en a 4.

3 en comporte 5.

4 en compte 6.

5, c'est 4.

10, c'est 3 seulement.

De quoi parle-t-on ? »

Tu penses connaître la réponse ?
Va vérifier si tu as raison en fin de livre.

✠ Si tu as trouvé la bonne réponse, va en 102, page 104.

✠ Si tu t'es trompé, ou que tu n'as pas trouvé,
le Purificateur ne fonctionne pas, les goules finissent
par envahir l'auberge, et pour toi et tes amis
l'aventure s'arrête peu glorieusement ici !

Échappant à la tempête, le pauvre *Égée* s'écrase mollement à la surface de la mer...

Les matelots s'activent à mettre à l'eau les barques de secours quand une mâchoire gigantesque surgit des flots et CLAC ! avale d'un seul coup la première embarcation et ses passagers.

Des remous se font sentir sous la masse effondrée du dirigeable et CLAC ! revoici la mâchoire géante, qui tente de croquer l'habitacle ! Bondissant par un hublot brisé, Cerbère se précipite sur le monstre et l'attaque de toute la force de ses trois gueules, faisant gicler des pluies de sang vert. La mâchoire géante lâche prise et disparaît dans l'eau, laissant Cerbère hors d'haleine juché sur les restes du ballon.

Mais attention ! La mâchoire ressurgit. Cerbère mord à nouveau et les crocs géants du monstre claquent en vain.

Finalement, avec un cri terrifiant, un crocodile monstrueux se hisse sur l'enveloppe du dirigeable.

— Je suis le Léviathan ! hurle-t-il. Je vous défie, pauvres mortels ! Répondez donc à mon énigme :

No.
Date.

No.
Date.

Un jeune prince affirme :
« J'ai autant de frères que de sœurs. » Sa sœur répond :
« J'ai deux fois plus de frères que de sœurs. »
Combien y a-t-il d'enfants dans cette famille ?

Réfléchis bien. Tu penses connaître la réponse ?
Va vérifier si tu as raison en fin de livre.
✗ Tu as la réponse juste ? Pour te récompenser de ta bravoure,
le Léviathan t'annonce que tu trouveras la piste que tu cherches
sur la Grande Montagne. Il te projette en 49, page 20.
✗ Tu n'as pas su répondre ? Va en 65, page 33.

D'ordinaire, c'est dans la contrée des Marais de la mort que l'on rencontre des crocodiles géants. Leur alimentation favorite est les zombies.

ous disparaissez tous les trois dans le champ de maïs. L'épouvantail se lance à vos trousses en faisant siffler sa faux.

Très vite, te voilà complètement perdu. Pendant un moment, tu écoutes, attentif au moindre frémissement. Où sont passés les autres ? L'épouvantail les a-t-il attrapés ? Perplexe, tu poursuis ta route et finis par déboucher sur les rives d'un fleuve. Serait-ce le Styx ? L'épouvantail, en tout cas, a abandonné la poursuite.

– Ohé !

Tu sursautes. Au milieu du fleuve se trouve une petite île, couverte de végétation. Le Monstre et Cerbère te font signe depuis un pont de lianes qui permet d'y accéder. Tu les rejoins, tout heureux.

– Grâce aux dieux, nous nous en sommes sortis une fois encore, se réjouit le Monstre. J'espère que cette fois, nous en avons terminé pour de bon avec les...

– ... ennuis ? termines-tu à sa place.

Une armée de créatures blanchâtres et élancées, surgie de sous-bois, vous entoure en silence. Des hatifnattes ! Le Monstre t'en a parlé : ces créatures sont inoffensives. Mais on les dit électriques également, et peut-être ferais-tu bien de trouver la réponse à l'énigme qu'elles murmurent à présent à ton oreille...

« Jeune, je suis grande ; vieille, je suis plus petite. Je vis la nuit de tout mon éclat. Le souffle du vent est mon ennemi. Qui suis-je ? »

Tu penses connaître la réponse ? Va vérifier si tu as raison en fin de livre.

✤ Si tu as trouvé la bonne réponse, va en 114, page 147.

✤ Sinon, rends-toi en 116, page 116.

erbère ! Aide-nous !

Après une longue hésitation, le chien à trois têtes se baisse pour que vous puissiez monter sur son dos, toi et le Monstre, puis il s'élance vers le toit.

Tu fermes les yeux, certain que vous allez vous rompre les os. Quand tu les rouvres, après un choc violent, tu constates que vous êtes arrivés de l'autre côté. Dépités, les marchands vous lancent tout ce qu'ils trouvent sous la main. Un couteau rebondit même sur un mur. Mais pas de panique : vous êtes hors de danger.

Hors de question cependant de rester plus longtemps dans cette ville : avant peu, un avis de recherche sera certainement lancé contre vous.

Le soir même, profitant des ombres du crépuscule, vous vous joignez à une caravane de marchands pour quitter la capitale.

Deux jours plus tard, vous êtes seuls à nouveau. Grâce aux indications d'un chamelier, vous poursuivez votre route vers le sud.

Le désert a laissé la place à une plaine fertile, parsemée de nombreuses oasis. Les paysages changent parfois de façon spectaculaire dans le Monde noir. À présent, rien ne permet de distinguer la forêt dans laquelle vous vous enfoncez de celles que tu arpentais dans notre monde étant petit.

✣ *Poursuis ta route en 88, page 60.*

121

Grandport est une cité fluviale rutilante, entourée d'une haute muraille et creusée de nombreux canaux. C'est, dit-on, la ville la plus riche du Monde noir, grâce, notamment, aux taxes qu'elle prélève sur les transactions commerciales. Chaque jour, des dizaines de navires y accostent pour déverser des monceaux de marchandises.

Le port est également réputé pour sa vie culturelle – ses concerts, ses carnavals, ses processions de sorcières et surtout son université, perchée au sommet d'un promontoire rocheux, et dans laquelle on peut suivre des cours uniques au monde tels que « Initiation à la gestuelle du Yéti » ou « Histoire des guerres vampiriques. »

Les habitants, dans leur majorité, sont des marchands, des négociants, des étudiants et des artistes, mais Grandport attire aussi son quota de malandrins, de mendiants, d'arnaqueurs patentés et de voleurs à la tire.

Cerbère, le Monstre et toi ne passez pas inaperçus au travers de la foule. Des femmes en tenue de prestige s'écartent avec des petits cris d'orfraie. Les enfants vous montrent du doigt. Apparemment, le chien à trois têtes les fait rire.

– Ben quoi ? Qu'est-ce qu'il y a ? s'étonne ton ami.

La rue principale, la plus commerçante, coupe la ville en deux. Dans une ruelle adjacente, des jeunes gens jouent aux cartes et aux échecs, pour de l'argent visiblement. Peut-être l'occasion est-elle venue de te remplir les poches ?

❧ *Si tu veux jouer pour de l'argent, va au 120, page 21.*

❧ *Sinon, poursuis ta route en 122, page 140.*

Le tapis démarre si vite que le Monstre, Cerbère et toi laissez échapper un hurlement de terreur. En l'espace de quelques secondes, vous voici propulsés dans les airs à une vitesse hallucinante. Cerbère secoue ses trois têtes.

– Au secours, j'ai le vertige !

Aplati comme une crêpe, il se met à gémir comme si sa dernière heure était arrivée, tandis que tu caresses sa fourrure dans l'espoir de le calmer un peu. Dommage pour lui, car le panorama qui se déploie en contrebas est magnifique : des dunes gigantesques s'étendent à perte de vue, parsemées de palmeraies et de cités étincelantes. Tours gracieuses et minarets de dentelle tremblotent sous le soleil ardent. Çà et là, des caravanes de chameliers se dessinent, dérisoires au milieu du désert.

Enfin, vous arrivez en vue d'une ville immense – une véritable image des Mille et Une Nuits, avec ses palais somptueux, ses mosquées rutilantes, ses souks bigarrés dévalant les collines. Là, le tapis vous dépose, au centre d'une place ornée d'une fontaine, sans que les passants vous prêtent attention plus de quelques instants. Vous vous enhardissez, un peu désorientés, à vous aventurer dans un labyrinthe de ruelles bruyantes et parfumées, parmi les étals des marchands. Ragaillardi, Cerbère émet des claquements de langue insistants.

– J'ai faim ! Je n'ai jamais eu aussi faim de ma vie !

❧ *Si tu décides de te mettre en quête de nourriture avant que tout le monde s'évanouisse, va en 79, page 103.*

❧ *Si tu estimes qu'il y a plus urgent à faire, lance-toi en 80, page 93.*

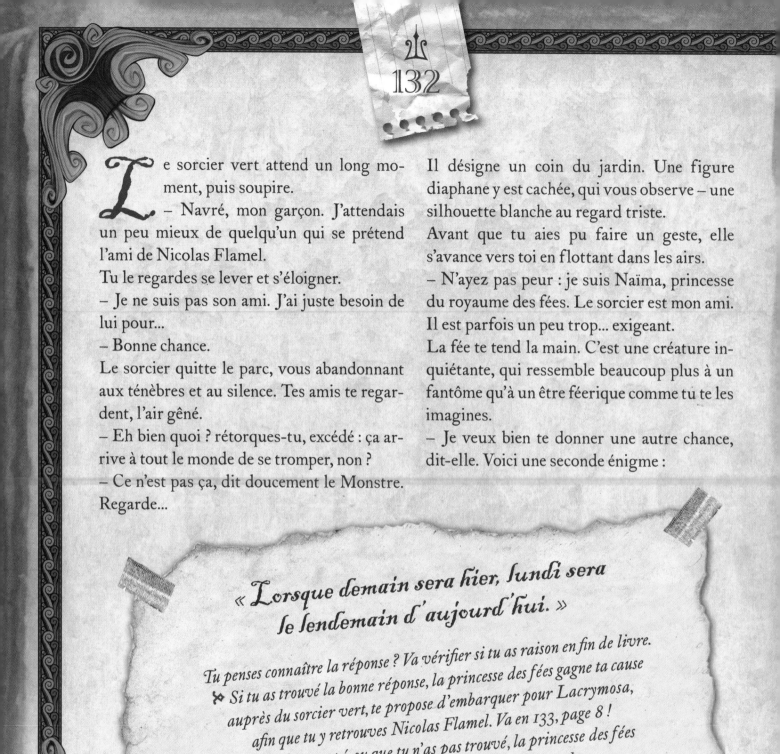

Le sorcier vert attend un long moment, puis soupire.

– Navré, mon garçon. J'attendais un peu mieux de quelqu'un qui se prétend l'ami de Nicolas Flamel.

Tu le regardes se lever et s'éloigner.

– Je ne suis pas son ami. J'ai juste besoin de lui pour...

– Bonne chance.

Le sorcier quitte le parc, vous abandonnant aux ténèbres et au silence. Tes amis te regardent, l'air gêné.

– Eh bien quoi ? rétorques-tu, excédé : ça arrive à tout le monde de se tromper, non ?

– Ce n'est pas ça, dit doucement le Monstre. Regarde...

Il désigne un coin du jardin. Une figure diaphane y est cachée, qui vous observe – une silhouette blanche au regard triste.

Avant que tu aies pu faire un geste, elle s'avance vers toi en flottant dans les airs.

– N'ayez pas peur : je suis Naïma, princesse du royaume des fées. Le sorcier est mon ami. Il est parfois un peu trop... exigeant.

La fée te tend la main. C'est une créature inquiétante, qui ressemble beaucoup plus à un fantôme qu'à un être féerique comme tu te les imagines.

– Je veux bien te donner une autre chance, dit-elle. Voici une seconde énigme :

« Lorsque demain sera hier, lundi sera le lendemain d'aujourd'hui. »

Tu penses connaître la réponse ? Va vérifier si tu as raison en fin de livre.

✤ *Si tu as trouvé la bonne réponse, la princesse des fées gagne ta cause auprès du sorcier vert, te propose d'embarquer pour Lacrymosa, afin que tu y retrouves Nicolas Flamel. Va en 133, page 8 !*

✤ *Si tu t'es trompé, ou que tu n'as pas trouvé, la princesse des fées ne peut rien pour toi, et personne d'autre non plus. Ton aventure s'achève ici...*

p.135

Le minotaure secoue lentement la tête. De toute évidence, tu l'as déçu.

– Je pourrais te tuer. Je pourrais vous tuer tous les trois. Mais je ne le ferai pas. Tu es faible, de toute évidence, et ignorant, comme tous ces imbéciles qui se lancent tête baissée dans les difficultés sans prendre le temps de réfléchir. Tu n'es que l'ombre d'un aventurier.

Son regard te transperce, et la tête te tourne un instant. Que se passe-t-il ? Tu as senti qu'on te dépossédait de quelque chose.

Lorsque tu reprends tes esprits, le Monstre te soutient et s'adresse au minotaure.

– Que lui avez-vous fait ?

– Moi ? Rien. Chacun est responsable de ce qu'il est.

Le Monstre te lâche malgré lui. Ou plutôt : tu échappes à sa prise, sans même qu'il ait desserré les doigts.

– Ça va ?

Tu hoches la tête. En vérité, ça ne va pas si bien que ça. Tu as l'impression d'être une sorte de spectre, un être semi-transparent, léger et, d'une certaine façon, insignifiant.

Le minotaure tourne les talons. Il vient de t'infliger une bien étrange malédiction : te voilà en train de devenir fantôme.

Dans le lointain, sous l'œil blafard de la lune pleine, de lourds nuages s'amoncellent. Vous reprenez tristement la route et trouvez refuge un peu plus loin, dans un simple abri de chasseur, où vous passez une nuit fort agitée.

❧ *Reprends ta quête en 110, page 168.*

La licorne plisse les yeux en te considérant.

– Tu es moins bête que ton chien, dit-elle ; peut-être méritez-vous de vivre, tous les trois...

Semblant hésiter, elle se retourne vers Cerbère qui n'ose pas bouger.

– Je suis sans arrêt la proie des chasseurs, explique-t-elle, et il m'est difficile de vivre en paix, même dans cette contrée. Des magiciens convoitent ma corne pour la réduire en poudre. Mais personne, encore, ne m'avait considérée comme un simple morceau de viande !

– Notre chien, avances-tu, a quelque chose à vous dire.

Tu caresses l'une des têtes de Cerbère qui comprend ce que tu attends de lui. Il incline ses trois museaux.

– Je suis désolé de vous avoir couru après, lâche-t-il piteusement. Je vous avais pris pour... je ne sais pas. J'avais si faim, la tête me tournait, je ne savais plus ce que je faisais.

La licorne paraît satisfaite. Patiemment, vous lui expliquez les raisons de votre présence sur ses terres. Vous ayant écouté, d'une ruade, elle fait apparaître un magnifique tapis aux motifs alambiqués.

– Montez dessus sans crainte, vous encourage-t-elle. Ce tapis sera votre ami : il vous mènera là où vous devez aller.

Le Monstre, Cerbère et toi-même vous installez sur le tapis, qui s'agrandit pour faire de la place pour tous. Le voyage commence : *vole jusqu'en 76, page 133.*

es choses se présentent mal ; la morsure d'un chien-monstre provoque des douleurs affreuses, et tu es en train d'en faire la terrible expérience. La seule bonne nouvelle est qu'au bout de quelques heures, les trois molosses tapis au pied de votre arbre finissent par se lasser et s'en retournent vers la nuit.

Tremblant et gémissant, tu quittes ta branche avec l'aide du Monstre. Secondé par Cerbère, il construit une cabane de fortune, et t'installe du mieux qu'il le peut.

Tu passes une nuit atroce. Assis à ton chevet, le Monstre te tient la main et te raconte des histoires pour t'empêcher de t'endormir, ce qui pourrait t'être fatal. Dès demain, il retournera à Bambou-Ville pour acheter ce fichu onguent, quel qu'en soit le coût.

L'aube paraît enfin.

Le Monstre s'apprête à partir lorsqu'une carriole apparaît. C'est un vendeur ambulant, qui descend vers Grandport. Serait-ce ton jour de chance ? L'homme vend du Guéritout ! Hum. Sauf que tu n'as pas d'argent. Voyant ton piteux état, l'homme prend pitié et te propose de répondre à une énigme. Si tu trouve la bonne réponse, il te donnera cet onguent.

Voici sa question :

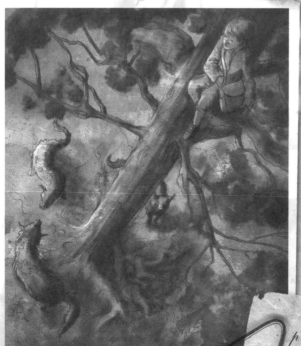

p. 138

« *Trop près de moi c'est la mort assurée, trop loin de moi tu ne peux exister.*
Que suis-je ? »

Tu penses connaître la réponse ? Va vérifier si tu as raison en fin de livre.

✤ *Si tu as trouvé la bonne réponse, le marchand te cède une boîte d'onguent, et tu guéris de ta blessure :* va en 109.

✤ *Si tu t'es trompé, ou que tu n'as pas trouvé, la morsure du chien-monstre te laisse sans force. Le Monstre est forcé de te ramener chez lui. Tu ne meurs pas, mais ton aventure s'arrête ici !*

vec le soir arrive la pluie... Cerbère, qui ne supporte plus le climat de la région, ne cesse d'éternuer. Quel vacarme, avec ses trois têtes !

À la recherche d'une auberge, vous observez les environs, discutant de la suite à donner aux opérations.

Là-bas, au bord d'un canal, une procession de sorcières s'étire le long d'une étroite ruelle. Curieux, vous vous approchez. Les sorcières sont moins nombreuses ici qu'à Lacrymosa, mais de tels rassemblements, t'a-t-on expliqué, ne sont pas rares.

– Que font-elles ? demandes-tu au Monstre.

– Elles méditent, je crois. C'est un moyen pour elles de se ressourcer, de rester en contact avec les énergies magiques du monde.

– Atchoum ! font les trois têtes de Cerbère. Bon, c'est bien gentil tout ça mais si on allait se coucher ? On va tous attraper la mort à rester dehors par ce temps. Ce serait dommage d'agoniser si près du but.

Le Monstre sourit dans la pénombre.

– Tu es sûr que tu ne veux pas en rajouter un peu ?

Tu t'apprêtes à intervenir lorsqu'une silhouette, au sein de la procession, attire ton attention. Une silhouette vêtue de vert.

❧ *Si tu choisis de suivre la procession, malgré le froid et la pluie, va en 125, page 164.*
❧ *Si tu préfères te mettre en quête d'une auberge pour la nuit, de peur de tomber malade, va en 126, page 125.*

e Monstre, Cerbère et toi déambulez dans les rues de Grandport à la recherche d'indices pouvant vous mener à Nicolas Flamel et à son acolyte. Par où commencer ? Vous interrogez quelques passants au hasard, mais la plupart se méfient de votre trio, et ceux qui ne se méfient pas ne savent rien. Vous décidez de vous séparer : Cerbère attend au port tandis que le Monstre et toi partez à la chasse aux informations. Sans plus de résultats, il faut bien le dire.

Au hasard de tes pérégrinations, tu passes devant la boutique d'une sorcière, assise dans l'entrée, un foulard rouge noué autour de la tête. Elle n'a pas l'air bien redoutable, et son échoppe renferme toutes sortes de philtres et de potions étranges.

– Eh bien, mon petit ? Quelque chose te fait envie ?

� *Si tu as rencontré un minotaure et que tu as reçu sa malédiction dont personne ne t'a encore délivré, tu commences à te sentir de plus en plus mal. Lorsque tu poses des questions aux gens, à présent, ils sursautent, comme s'ils ne te voyaient pas. Tu es en train, bel et bien, de devenir un fantôme, condamné à errer à la surface du Monde noir. Ton aventure, hélas ! touche ici à son terme.*
✘ *Si tu n'es victime d'aucune malédiction,*

va en 123, page 155.

Descendant les marches d'un petit escalier branlant, vous vous enfoncez dans un étroit tunnel sableux. Derrière vous, à l'étage, le combat entre les démons et les clients de l'auberge fait rage. Plusieurs fois, vous vous arrêtez pour vous assurer que personne ne vous suit. Mais les démons, dirait-on, ont assez de victimes là-haut. Pourquoi se fatigueraient-ils à vous pourchasser ?

– C'est parce qu'ils m'ont vu, tente de te rassurer Cerbère, qui est obligé de ramper ventre à terre pour progresser dans le tunnel. Souviens-toi de notre première rencontre. J'inspire la terreur, telle est ma condition.

Le Monstre, qui ouvre la marche, a allumé un briquet d'amadou.

– Silence, imbécile : tu vas nous faire repérer. Et pour ta gouverne, nous ne sommes en vie que grâce à notre ami ici présent. S'il n'avait pas eu ce florin sur lui, nous étions morts. S'il y a une chose que les démons connaissent, c'est bien la valeur de l'argent.

Sa petite flamme vacillante vous guide lentement jusqu'à la sortie. Enfin, vous débouchez sur une placette silencieuse, entourée d'antiques bâtisses. Dans le lointain, les échos de la bataille qui se livre à l'auberge continuent de vous parvenir. Encore choqués, vous descendez la première ruelle qui se présente, à la recherche d'un endroit plus calme où passer la nuit.

Soudain, dans la venelle adjacente, il te semble apercevoir la silhouette d'un homme en vert. Peut-être est-ce la fatigue ?

❧ *Si tu veux suivre ce que tu crois être le sorcier vert, va en 127, page 30.*
❧ *Si tu penses qu'il s'agit d'une fausse piste, d'un piège, ou que tu es trop fatigué pour jouer les limiers, rends-toi en 130, page 88.*

Vous atterrissez finalement en douceur sur une grande île, où pousse un arbre. Oh, pas n'importe quel arbre : une chose immense, large comme une ville, plus haute que les nuages ! Un étrange cheval te fait un salut de la tête : blanc de pelage, il arbore une corne dorée, et possède seulement trois pattes. En revanche, il a six yeux et neuf bouches.

– Je suis l'âne juste, déclare-t-il. Bienvenue sur l'île de Saena, l'arbre de toutes les semences et de toutes les connaissances. Monte sur mon dos, petit d'homme. Et vous, dit-il au Monstre, chevauchez donc votre ami canin.

Je vais vous guider jusqu'au Roi des oiseaux. Il s'élance sur le tronc. Au terme d'une cavalcade étourdissante, vous montez dans l'arbre et sautez de branche en branche. La tête te tourne !

Enfin, vous arrivez au sommet.

L'âne juste te dépose devant un oiseau géant dont le corps semble fait de trente autres oiseaux entrelacés.

– Inclinez-vous devant le Simorg, Roi des oiseaux ! ordonne l'âne juste, et vous obéissez sans discuter.

Ouvrant son formidable bec, le Simorg te présente une énigme :

« Qu'est ce qui s'allonge et rétrécit en même temps ? Allez, je te donne un indice : c'est quelque chose que nous possédons tous. »

Réfléchis bien. Tu penses connaître la réponse ?
Va vérifier si tu as raison en fin de livre.

❧ Tu connais la réponse ? Dans son immense sagesse, le Simorg t'annonce que tu trouveras la piste que tu cherches sur la Grande Montagne. Il te projette en 49, page 20.

❧ Si tu n'as pas su répondre, va en 65, page 33.

p.143

La porte du temple de la Grande Montagne n'est pas très large. L'intérieur, par contre...

Sous tes yeux s'étend une véritable cité souterraine, gigantesque – un amoncellement de demeures de pierre, de tours étroites, de statues exotiques, d'escaliers et de passerelles escarpées. L'ensemble paraît s'élever à perte de vue, dans une lumière doucement dorée. Des écharpes de brume flottent au ras du sol. Plissant le front, tu essayes de distinguer un passage.

Cerbère, lui, est parti renifler le sol. Le Monstre le rejoint en quelques larges enjambées.

– Trouves-tu la piste de nos amis, mon chien ? Tu t'apprêtes à les suivre quand une main énorme s'abat sur ton épaule. Avec un cri de surprise, tu te sens soulevé du sol.

– Que venez-vous faire ici ? gronde une voix à ton oreille.

Brusquement relâché, tu retombes durement sur le sol. Tu te relèves aussitôt, face à une créature énorme, à la longue fourrure blanche.

– Je suis Migou, le gardien de la cité perdue des Indes noires ! Réponds à mon énigme, petit, ou mon courroux s'abattra sur toi ! Voici :

« Qu'est-ce qui tourne sans jamais bouger ? Allez, je t'aide un peu : le verbe "tourner" ne possède pas qu'un seul sens, et la réponse a un rapport avec ma couleur. »

Réfléchis bien. Tu penses connaître la réponse ? Va vérifier si tu as raison en fin de livre.

❧ Tu connais la réponse ? Va en 67, page 28.
❧ Tu n'as pas trouvé, ou tu t'es trompé ? Il te faut aller en 68, page 44.

33

Le reste du voyage se déroule sans histoire. Tu arrives à Urba Grande en compagnie du Monstre et de Cerbère. Quelle ville ! Tu n'as jamais vu son pareil : cette cité est immense, et d'une diversité architecturale ahurissante – comme une sorte de New York devenu fou. Le Monstre, fier comme s'il l'avait lui-même construite, t'explique :

– C'est la première cité humaine du continent. Chaque fois que des humains atterrissent dans le Monde noir, ils viennent ici. On trouve de tout, à Urba Grande, mon garçon : des gratte-ciel et des maisons de nain, une prison énorme, un quartier chinois, trois ponts, une cathédrale, des dizaines de temples ! Et tu sais quoi : il y a même plusieurs bibliothèques !

Cerbère jappe de rire à une telle déclaration, bien typique du Monstre. Pour ta part, tu es plus impressionné par le panorama qui s'étend devant toi : les habitations de bois ou de terre cuite descendant à flanc de collines, les buildings couverts de sculptures et de gargouilles, les voitures à essence, à vapeur ou à cheval, et tous ces gens, tous ces personnages, tous ces monstres étranges...

— Tu n'es pas au bout de tes surprises, mon garçon : Urba Grande est une plaque tournante du commerce et un haut lieu spirituel, mais c'est aussi un repaire de bandits, de chercheurs d'or et de monstres patibulaires, qui regorge d'endroits fascinants.

Continue la visite en 56, page 9.

Approche aérienne d'Urba Grande, plus grande ville du Monde noir. On voit voler le grand dirigeable Hercule qui y est basé.

Un frisson de satisfaction s'empare de la foule des hatifnattes. Les étranges créatures agitent leurs doigts minuscules en se pressant autour de vous. Le Monstre et Cerbère, tout comme toi, se laissent frôler avec un mélange de curiosité et d'appréhension. Que vous veulent ces choses ?

– Évitons les mouvements brusques, conseille le Monstre, que plusieurs petits hatifnattes ont commencé à escalader comme s'il était un vulgaire tronc d'arbre. Tu as trouvé la solution de l'énigme, il n'y a pas de raison qu'ils nous fassent du mal.

Au loin, des éclairs cisaillent le ciel, et des coups de tonnerre ébranlent la plaine. Il pleut de plus en plus fort. Tout cette agitation paraît réjouir les habitants de l'île, qui ouvrent de grands yeux et ondulent avec le vent.

Cerbère, auquel les hatifnattes s'intéressent particulièrement, commence à trouver le temps long, mais il se garde bien d'aboyer ou de remuer.

Enfin, l'orage s'éloigne et les créatures perdent un peu de leur éclat. Petit à petit, elles s'éloignent et disparaissent dans la forêt. Bientôt, vous vous retrouvez seuls, et c'est comme si rien ne s'était passé. Tu te sens étrangement apaisé, comme délivré d'un immense poids. Tu te souviendras longtemps de cette singulière rencontre.

❧ *Va en 117, page 108.*

enseignements pris, le sultan passe pour être un homme bienveillant. Mais il vous faut bien des tractations pour parvenir enfin à obtenir une audience auprès de Son Altesse. Il vous reçoit dans la salle du trône, au milieu d'un luxe insensé de tapis, de soieries et de joyaux. Tandis que vous vous expliquez, il vous observe en caressant sa barbe, un guépard somnolant à ses pieds. Quand vous avez fini de parler, il se lève et se poste à la fenêtre, d'où il domine la ville et ses splendeurs.

– Carnacki, Carnacki... Pourquoi ce nom m'est-il familier ? Hum, peut-être est-ce cet explorateur qui est venu me trouver il y a quelques semaines et qui cherchait les Coureurs du désert ? Malheureusement, je n'en

suis pas sûr et Samir, mon fidèle secrétaire, qui pourrait me le confirmer, est parti en mission. Tout ce que je peux faire pour vous est de mettre à votre disposition un char à voile dont le pilote vous mènera aux Coureurs du désert. Ce sera à vos risques et périls : ce sont des hommes sauvages et peu loquaces, mais peut-être en sauront-ils plus que moi.

Le Monstre et toi vous regardez. Les informations du sultan sont plutôt imprécises.

❧ Si tu acceptes la proposition du sultan et opte pour le char à voile, va en 86, page 160.
❧ Si tu penses qu'il vaut mieux que vous partiez seuls à la recherche des Coureurs du désert, rends-toi en 87, page 117.

e n'aime pas trop cette ville, déclare le Monstre à votre arrivée à New Hartford.

Tu regardes autour de toi. L'endroit est pourtant charmant : les maisons sont anciennes, couvertes de chaume, et il y a plein de monde dans les rues.

Le Monstre t'explique alors que la famille qui domine New Hartford, les Van Helsing, est un clan de... chasseurs de monstres ! Bon, ils ne s'attaqueraient ni à lui ni à Cerbère... En revanche, ce sont des ennemis de la famille de William, les Carnacki. Vous devez donc vous tenir sur vos gardes.

Cerbère, pour sa part, se montre très enthousiaste (c'est apparemment dans sa nature) : il t'explique que la ville est le rendez-vous des marchands et des explorateurs... et qu'on y trouve tout le matériel de voyage dont on a besoin...

— Et... on va partir en ballon, comme vos amis ? demandes-tu.

— Hum, grogne le Monstre. Le mieux serait de gagner Urba Grande à bord de l'*Ulysse*, un grand dirigeable. Le problème, c'est qu'il appartient au clan Van Helsing. L'autre solution serait de trouver une caravane de marchands qui veuille bien traverser les montagnes.

— Mais pourquoi ne pas faire comme William ?

— Parce que le ballon qu'ils ont pris appartient à un ami de Maître Flamel. Nous n'avons donc que deux choix. Qu'est-ce que tu en penses ?

✤ *Le voyage en caravane te semble plus sûr ? Va en 28, page 165.*

✤ *Le voyage en dirigeable est plus dangereux, te dis-tu, mais plus court, et tu sais que le temps presse. Va en 29, page 62.*

113

p.150

Je vous préviens, déclare le Monstre, je n'ai pas la moindre idée de la direction que nous avons prise.

Le sentier que vous avez emprunté te paraît dessiner des boucles à travers les marais. Cet arbre décharné : ne l'as-tu pas déjà vu tout à l'heure ?

Il pleut maintenant à verse, et vous cheminez prestement en essayant d'éviter les flaques les plus boueuses. Pas le moindre village à l'horizon.

Le soir venu, vous parvenez sur les rives d'un fleuve tumultueux.

– Ne serait-ce pas le Styx ? demandes-tu.

Le Monstre hoche la tête.

Un pont de lianes se présente à vous. Vous vous y engagez sans trop réfléchir. Il vous mène sur une île au milieu du cours d'eau. Quelques instants après, vous débouchez dans une charmante clairière.

– Grâce aux dieux, enfin un endroit agréa...

Le Monstre s'interrompt. Une armée de créatures blanchâtres et élancées, surgie des sousbois, vous entoure en silence. Des hatifnattes ! Le Monstre t'en a parlé : ces créatures sont inoffensives. Mais on les dit électriques également, et peut-être ferais-tu bien de trouver la réponse à l'énigme qu'elles murmurent à présent à ton oreille...

« *Jeune, je suis grande ; vieille, je suis plus petite. Je vis la nuit de tout mon éclat. Le souffle du vent est mon ennemi. Qui suis-je ?* »

Tu penses connaître la réponse ? Va vérifier si tu as raison en fin de livre.

✗ *Si tu as trouvé la bonne réponse, va en 114, page 147.*

✗ *Sinon, rends-toi en 116, page 116.*

Rentré dans sa grotte, le Monstre se montre bien décidé à y rester.
– J'ai déjà trop connu d'aventures et je suis très attaché à mes habitudes, explique-t-il en désignant d'un geste les tas de livres qui encombrent son antre.
Le soir venu, alors que, déçu, tu t'apprêtes à te coucher dans un lit trois fois trop grand pour toi, Cerbère s'approche de toi.
– Moi, je veux retrouver Maître William. Je sens qu'il est en danger, il n'aurait pas dû partir sans moi, déclare-t-il.
– Mais le Monstre ne veut pas...
– On n'a qu'à y aller sans lui ! décide le chien à trois têtes.
– Mais comment va-t-on faire ? demandes-tu en chuchotant, bien que la voix du chien, elle, résonne dans toute la caverne (heureusement, d'ailleurs, que le Monstre dort loin, tout au fond du dédale de pièces souterraines.)
– On va s'arranger pour prendre tout seuls à New Hartford le dirigeable vers Urba Grande ! affirme Cerbère. Allons-y tout de suite.
Il ne t'en dit pas plus mais ses trois langues pendent : il a l'air très content de son idée.

Cerbère et toi partez discrètement pour la ville côtière : va en 32, page 161.

82

Hélas ! Le marchand ne veut rien entendre à vos excuses. Tout ce qui l'intéresse est de récupérer sa viande : les cinquante livres de viande que Cerbère a englouties, pour être plus précis.
Le chien à trois têtes s'énerve. Le Monstre essaie d'intervenir. Tu rajoutes ton grain de sel. Au bout d'un moment, la confusion est telle que des gardes du sultan, alertés par le vacarme, viennent s'enquérir de la situation.
Après que le marchand leur a expliqué ce qui s'était passé, ils dégainent leur cimeterre. Vous êtes en état d'arrestation !
Une heure plus tard, vous croupissez tous trois sur la paille d'un cachot malodorant, au cœur de la prison du sultan qui domine la ville. Passé le premier moment d'abattement, vous essayez de réfléchir à un moyen de vous tirer de cette situation. C'est alors qu'une idée lumineuse te frappe ! Le tapis volant ! La licorne vous a expliqué qu'il suffit pour qu'il vienne de l'appeler par son vrai nom – celui qui était brodé en son cœur, et qu'elle vous a recommandé d'apprendre.
La voilà, la solution ! Unissant vos voix, vous prononcez tous trois son nom à voix basse. Puis vous vous arrêtez. Aura-t-il entendu ? En attendant, comment passerez-vous à travers les barreaux ?

Si tu penses que le tapis réglera lui-même la question, attends-le en 83, page 166.
Si tu préfères que Cerbère se charge de les enfoncer, rends-toi en 84, page 96.

a pluie tombe de plus belle. Des volutes de vapeur s'échappent des champs aux alentours. Tu marches tête baissée, te demandant quand ce calvaire va prendre fin.

Plusieurs fois, le Monstre s'arrête, observe le ciel en quête d'un quelconque indice qui lui permettrait de vous localiser. Mais rien.

Vous traversez à présent un immense champ de maïs, courbé par la tempête. Le chemin est étroit et, à cause des flaques, tu manques à plusieurs reprises te casser la figure. Soudain, Cerbère, qui ouvre la marche, renifle de ses trois mufles et se met à grogner.

– Je sens quelque chose.

Tu hoches la tête. Depuis quelque temps, tu as, toi aussi, la désagréable sensation d'être suivi, observé. Tu te retournes sur le sentier. Une créature très maigre, en guenilles, s'avance dans votre direction en brandissant une faux. Sa tête est bourrée de paille et un sourire sardonique semble avoir été peint en blanc sur son visage. Effectuant des moulinets de plus en plus rapides, elle se rapproche de vous.

– Un épouvantail-tueur, murmure le Monstre. Ce genre de créatures adore traquer ses victimes à travers champs, mais je ne comprends pas... En théorie, ils habitent la Bouche d'enfer. Celui-ci a dû franchir le Styx...

Avec de la chance, vous pouvez peut-être le semer. Tu soupires lourdement.

❧ *Si tu choisis de prendre la fuite, rends-toi en 115, page 130.*
❧ *Si tu oses affronter l'épouvantail-tueur, va en 118, page 14.*

La sorcière, qui t'a pris en amitié, t'offre une tisane aux herbes. Tu entres avec elle dans sa boutique, et elle te montre ses étagères : œuf de dragon, poudre de corne de licorne, onguents miraculeux, larmes de Méduse, lasso à hydre, sac de contenance illimité, Purificateur anti-goules – on trouve tout et n'importe quoi chez elle.

Tout en sirotant ta tisane, tu lui parles de Nicolas Flamel. Elle se gratte la tête.

– Celui-là, je ne le connais pas personnellement, mais Angelo m'en a parlé pas plus tard qu'hier ; tu devrais aller le trouver.

– Angelo ?

– Le verrier. Boutique d'en face.

Remerciant la sorcière avec effusion, tu vas frapper à la boutique du verrier. Le dénommé Angelo, un petit homme au visage coupe-rosé et à l'enthousiasme communicatif, est occupé à fabriquer un vase. Il prend tout de même le temps de t'expliquer que l'un de ses amis, le sorcier vert, a déjeuné avec Flamel et un jeune homme il y a quelques jours, dans une auberge de Lacrymosa.

Tu en bondirais presque de joie. Flamel est bien vivant, et pas très loin d'ici, en plus !

– Ce sorcier vert, demandes-tu, où puis-je le trouver ?

– Oh, il est en ville en ce moment. Te dire où exactement dépasse mon champ de compétence. C'est un personnage assez, euh, insaisissable.

Le soir tombe. Tu remercies Angelo et, plein d'espoir, part retrouver tes amis pour leur apprendre la bonne nouvelle.

✤ *Va en 124, page 139.*

Fatigué, tu restes juché sur le dos de Cerbère tout le long de la descente. La Grande Montagne est si haute ! L'un de ses museaux collés au sol, le chien géant suit la trace de son maître, qu'il a retrouvée grâce aux indications de Migou. À ses côtés, le Monstre avance à grandes enjambées, insensible à la fatigue.

Peu à peu, le paysage de rochers et d'éboulis se transforme. La végétation reprend ses droits : des bouquets d'herbes hautes, des buissons épineux et, de temps en temps, la silhouette incongrue d'un grand palmier. Il commence à faire franchement chaud, d'ailleurs. Cerbère respire de plus en plus fort. Le Monstre s'éponge le front :

– Il faut que nous trouvions de l'eau. Il me semble que le bosquet de palmiers, là-bas, est une oasis.

Il a raison ! Mais à peine l'avez-vous atteinte qu'un individu vous interpelle. Coiffé d'un turban de couleur, vêtu d'un gilet sans manches et de pantalons bouffants, il exhibe une impressionnante musculature. Il n'a pas l'air de plaisanter.

– Visiteurs ! Vous n'avez pas le droit de fouler cette oasis sacrée. Arrière ! Retournez d'où vous venez !

Comme le Monstre s'efforce d'expliquer votre présence, le djinn gardien de l'oasis sort un immense cimeterre et, faisant siffler sa lame de manière menaçante, vous propose une énigme :

« Si nous ne sommes pas le lendemain de lundi ou le jour avant jeudi, que demain n'est pas dimanche, que ce n'était pas dimanche hier et que le jour d'après-demain n'est pas samedi, et que le jour avant-hier n'était pas mercredi, quel jour sommes-nous ? »

Réfléchis bien. Tu penses connaître la réponse ? Va vérifier si tu as raison en fin de livre.

Tu as trouvé la réponse ? Dans son immense sagesse, le djinn t'annonce que tu trouveras la piste que tu cherches sur la Grande Montagne. Il vous projette en 66, page 144.

Aïe ! Tu n'as pas su répondre. Va en 65, page 33.

p. 157

Le visage du sorcier vert s'éclaire. Il se lève, fait quelques pas, pivote vers toi.

– Excellent, mon garçon.

Sans ajouter un mot, il sort du petit parc. Les deux autres et toi lui emboîtez le pas. Le voici qui s'élance dans un dédale de ruelles enténébrées. Tu te hisses à son côté.

– En ce qui concerne ma requête…

Il lève une main, continue de descendre vers le port. Arrivé sur les quais, il s'arrête enfin. Les masses sombres des navires oscillent dans la nuit ; tu entends les mâts grincer.

– Nicolas Flamel, hein ? J'ai dîné avec lui il y a une semaine. Il va bien. Très bien, même. Il m'a raconté son voyage, il m'a montré ses cartes. Le Monde noir s'agrandit, dirait-on. Nous vivons une époque de changements.

– Où est-il ?

Le sorcier vert désigne un navire.

– Tu vois ce bateau à aubes ? Il part pour Lacrymosa demain. Vous seriez bien inspirés de monter à bord, car c'est là-bas qu'est parti votre ami.

– Et William ? demande Cerbère, qui n'avait rien dit jusque-là.

– Et son jeune compagnon, oui, poursuit le sorcier. J'ai un accord avec le patron du *Narval doré*. Tu peux lui dire que tu viens de ma part. Il vous fera une place à bord pour rien. En attendant, vous devriez prendre un peu de sommeil.

Le *Narval doré* part le lendemain soir. Après une journée supplémentaire consacrée à la découverte de la ville, vous embarquez pour Lacrymosa.

❧ *Poursuis ta route en 133, page 8.*

J'avançant avec hésitation sur une grande place, tu te laisses bousculer par un groupe d'étudiants en nécromancie, lorsqu'une main se pose sur ton épaule.

– Bien le bonjour.

Tu te retournes, éberlué.

Quatre personnages se tiennent devant toi. Les deux premiers sont le Monstre et Cerbère. Quant aux deux autres... Celui-ci, avec sa barbe fournie, son costume trois pièces un peu froissé et sa montre à gousset, tu le reconnais : c'est Nicolas Flamel ! Et voici son compagnon, William Carnacki. Un immense bonheur t'envahit. Ta quête touche à sa fin ! Vous montez dans la maison que Maître Flamel a louée. Vous entrez dans le salon. Un feu de cheminée crépite doucement, alimenté par un minuscule dragon à la peau cuivrée. William te gratifie d'une bourrade.

– Il paraît que tu as été grandiose. Et plus que ça, même. Bon, j'ai une dernière énigme pour toi. Tu es prêt ? « Si je suis le fils de la mère du père de celui qui t'a vu naître un lundi, combien de moutons le capitaine doit-il embarquer, sachant que l'un des moutons ment et que nous sommes le lendemain du jour que nous aurions pu être si l'oncle de ta sœur ne possédait que deux filles ? »

Tu secoues la tête, effondré.

– Alors, s'impatiente Flamel. C'est ça, le champion des énigmes ?

✤ *Va en 139, page 169.*

p. 159

e lendemain matin, à l'orée du désert, vous prenez place à bord d'un char à voile rutilant, dont les patins effilés crissent sur les dunes. Le pilote vous recommande de vous accrocher et lâche les freins. Vous voilà lancés comme des flèches. Jamais tu n'aurais pensé qu'un tel véhicule pouvait se déplacer si rapidement !

Le désert semble pourtant sans fin. De loin en loin, vous croisez des oasis. Toutes les deux heures, le pilote vous tend une outre de peau emplie d'une eau éternellement fraîche. Enfin, il bifurque vers une palmeraie.

Là, de grands hommes vêtus de noir, taciturnes, font cercle autour de leurs chameaux. Leur regard est bleu comme l'acier, leurs mouvements lents et sûrs. Ce sont les fameux Coureurs du désert, réputés pour connaître particulièrement bien les dunes. Le pilote vous a mis en garde : ces étranges personnages ont fait vœu de silence et ne te répondront que par gestes. C'est ainsi que tu commences à discuter avec eux.

Apparemment, ils ont bien vu William et Maître Flamel qui se dirigeaient vers le sud. Ils ne t'en diront pas plus, mais te proposent par signes de vous faire suivre le chemin qu'ils ont emprunté. Pour cela, il faudra que vous acceptiez de vous conformer à leurs règles : pas un mot durant tout le voyage.

❧ *Si tu acceptes de les suivre sans poser d'autres questions, va en 90, page 66.*
❧ *Si tu te méfies de leur attitude et que tu préfères poursuivre ta route sans leur aide, rends-toi en 94, page 78.*

Ayant faussé compagnie au Monstre en pleine nuit, te voici à New Hartford avec Cerbère, alors même que le jour ne s'est pas encore levé.

Tu n'as pas eu trop peur pendant le chemin, malgré les cris inquiétants qui s'élevaient parfois de la campagne obscure, et les lueurs qui jouaient avec les vagues de l'océan : il faut dire que Cerbère était bien de taille à te protéger !

Rapidement, le chien à trois têtes te conduit de l'autre côté de la petite ville, là où est arrimé le dirigeable *Ulysse*. Suspendues le long de la haute structure métallique qui le retient, des lanternes l'éclairent faiblement, mais tu vois bien la masse colossale de cuir luisant et de toile qui flotte au sommet. On dirait un ballon de rugby géant, surmontant un habitacle tout en bois sombre et en fenêtres éclairées.

— Et c'est quoi ton plan, Cerbère ? demandes-tu.

— Facile ! On monte là-haut et on s'installe.

— Juste comme ça ?

— En passagers clandestins ! répond le chien, très fier.

Tu as des doutes sur ce plan mais, comme tu n'as pas de meilleure idée, tu décides d'y aller : tu suis Cerbère et tu vas en 36, page 90.

erbère aboie derrière l'animal qui, sans trop de peine, se maintient à distance. Vous dévalez la pente à leur poursuite, mais tous deux sont plus rapides que vous et vous les perdez vite de vue. Et soudain, le cheval blanc réapparaît.

– Il revient vers nous ! murmure le Monstre qui, pas plus que toi, ne comprend son manège. Effectivement, l'animal fonce maintenant dans votre direction. À mesure qu'il se rapproche, tu discernes mieux la corne torsadée qui orne son front : une licorne ! Ébloui par sa grâce, tu restes sans voix tandis qu'elle vous rejoint.

Derrière elle, Cerbère s'arrête aussi, conscient de son erreur. La licorne se tourne vers lui :

– J'aurais pu te détruire d'un regard, lui dit-elle avec dureté. Vous semblez tous les trois n'avoir aucun sens de ce qui est sacré et de ce qui ne l'est pas.

Le Monstre intervient :

– Pardonnez-vous, noble licorne ! Nous n'avions pas la moindre idée de qui vous étiez…

– Toi qui te tais, dit-elle en te fixant droit dans les yeux, je vais te donner une chance, et une seule, de racheter la conduite de ton ami à trois têtes. Concentre-toi et réponds :

« Nous sommes nés de la même mère, la même année, le même mois, le même jour et à la même heure. Pourtant nous ne sommes pas jumeaux, ni même jumelles. Pourquoi ? »

Tu penses connaître la réponse ? Va vérifier si tu as raison en fin de livre.

❧ Tu as bien répondu ? Va en 78, page 137.

❧ Tu t'es trompé, tu n'as pas trouvé la réponse ? Va en 100, page 92.

*P*ar tous les dieux et les démons et, euh... les djinns et les vouivres et tout ce que vous voulez ! Je meurs de froid, moi !

Doigt sur la bouche, tu te retournes vers Cerbère. Bien sûr, tu adores ce chien mais là, tu commences à le trouver un peu pénible.

La procession, déjà, a tourné au coin de la rue. Pressant le pas, tu essaies de la rattraper. Les deux autres te suivent en maugréant. Là-bas ! Les dernières sorcières s'engagent dans une ruelle. Le temps que tu arrives au bout, elles ont déjà disparu.

– Tu vois ? gémit Cerbère. Elles sont parties. Les sorcières ne sont pas nos amies, c'est un proverbe de mon pays. Et je ne serai pas surpris si une bande de détrousseurs venait nous tomber dessus maintenant. C'est l'endroit idéal pour se faire égorger, vous ne trouvez pas, vous autres ?

– Silence, à la fin !

Tendant l'oreille, tu t'efforces de discerner, malgré la pluie, l'écho des pas des sorcières. Tu continues d'avancer, prudent. La ruelle donne sur une rue éclairée, qui serpente vers les hauteurs de la ville. Sur ton flanc droit, entre deux hautes murailles, une autre venelle, plus étroite encore, s'enfonce dans l'obscurité. Impossible de savoir où sont passées les sorcières et si l'homme en vert est toujours avec elles. Tu dois te décider sans tarder.

❧ *Si tu optes pour la grande rue éclairée, pars vers les hauteurs et va en 128, page 109.*
❧ *Si tu préfères la ruelle étroite et obscure, va en 127, page 30.*

Trouver l'endroit d'où partent les caravanes marchandes pour Urba Grande n'est pas très difficile. Trouver trois places à bord de l'une d'entre elles est moins évident, mais le Monstre y parvient. Tu grimpes en sa compagnie dans une grande diligence, tandis que Cerbère s'installe sur le toit avec les bagages.

Bientôt, le convoi s'ébranle : une suite de chariots bâchés, de carrioles ouvertes, de cavaliers et de diligences qui, dans un nuage de poussière, se dirige vers la montagne, où la route emprunte le seul col menant sur l'autre versant.

À ton côté, une grande créature velue est assise, mains sur les genoux ; elle ne sent pas très bon. Le Monstre te chuchote que c'est un yéti, un très gentil habitant des Monts vampires. Vampires ? Voilà qui n'est pas très rassurant. Mais le yéti t'adresse un sourire. C'est vrai qu'il n'a pas l'air très méchant.

Les deux dames en robe et chapeaux qui te font face paraissent finalement moins amicales. Elles vous dévisagent, le Monstre et toi, avec une mine pincée. Le sixième passager ne prend pas beaucoup de place : c'est un gnome, habillé d'une veste de velours rouge et d'un pantalon vert. Il est plongé dans la lecture d'un journal – *Le Courrier du rivage* – presque aussi grand que lui.

❧ *Continue le voyage en 31, page 68.*

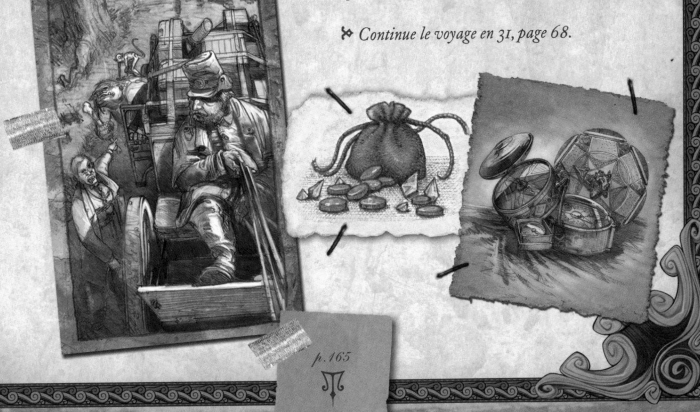

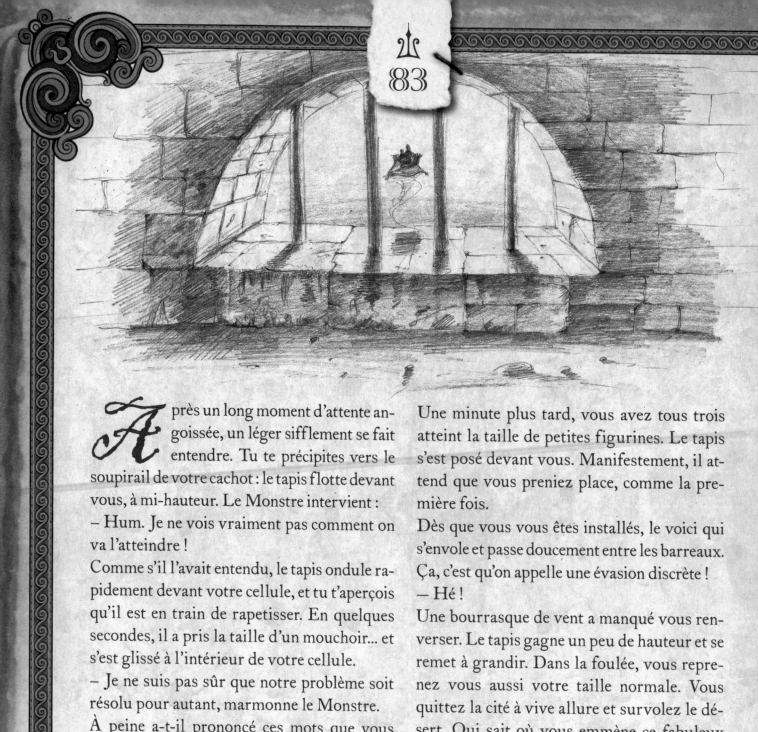

Après un long moment d'attente an-
goissée, un léger sifflement se fait
entendre. Tu te précipites vers le
soupirail de votre cachot : le tapis flotte devant
vous, à mi-hauteur. Le Monstre intervient :

– Hum. Je ne vois vraiment pas comment on
va l'atteindre !

Comme s'il l'avait entendu, le tapis ondule rapidement devant votre cellule, et tu t'aperçois
qu'il est en train de rapetisser. En quelques
secondes, il a pris la taille d'un mouchoir... et
s'est glissé à l'intérieur de votre cellule.

– Je ne suis pas sûr que notre problème soit
résolu pour autant, marmonne le Monstre.

À peine a-t-il prononcé ces mots que vous
commencez à votre tour à rapetisser. Cerbère
roule des yeux affolés.

– Qu'est-ce qui nous arrive ?

Une minute plus tard, vous avez tous trois
atteint la taille de petites figurines. Le tapis
s'est posé devant vous. Manifestement, il attend que vous preniez place, comme la première fois.

Dès que vous vous êtes installés, le voici qui
s'envole et passe doucement entre les barreaux.
Ça, c'est qu'on appelle une évasion discrète !

– Hé !

Une bourrasque de vent a manqué vous ren-
verser. Le tapis gagne un peu de hauteur et se
remet à grandir. Dans la foulée, vous reprenez vous aussi votre taille normale. Vous
quittez la cité à vive allure et survolez le désert. Qui sait où vous emmène ce fabuleux
tapis, cette fois ?

❧ *Pour le savoir, va en 87, page 117.*

e suis Lord Ganesha, Seigneur des Indes noires. Qui êtes-vous, étrangers, et que faites-vous là ? demande l'homme-éléphant qui s'assoit tranquillement au milieu des bambous. Il n'a pas l'air bien méchant mais on ne sait jamais, dans le Monde noir...

D'une voix tremblante, tu prends l'initiative de faire les présentations. Comprenant que tu es un humain, l'homme-éléphant hausse un sourcil.

— Veuillez accepter nos plus humbles excuses, Votre Seigneurie, déclares-tu en t'inclinant avec respect. Nous cherchons deux amis disparus, nous pensions gagner l'Orient magique et...

— L'Orient magique ? t'interrompt Ganesha sur un ton amusé. Ah oui, c'est ainsi que certains appellent les Indes noires. À chacun sa façon de voir... J'ignore de quelle façon vous réfléchissez, vous les mortels.

Il se tourne vers toi.

— Nous parlons de quelque chose que tu possèdes, et que je possède aussi. Écoute :

« Je suis dans un palais
mais je ne suis pas un roi.
Je suis toujours mouillé
mais je ne suis pas dans l'eau.
Qui suis-je ? »

Réfléchis bien. Tu penses connaître la réponse ?
Va vérifier si tu as raison en fin de livre.
❖ *Si tu as trouvé la bonne réponse, continue*
sans crainte en 48, page 10.
❖ *Aïe, tu ne sais pas répondre, ou tu t'es trompé ?*
Tu sauras quel sort va te réserver Lord
Ganesha en 50, page 37.

ous poursuivez votre route en direction des marais. La route sinue dans un paysage de collines semées de saules et d'ajoncs qui s'aplanit peu à peu. La pluie s'est mise à tomber, criblant la surface des mares saumâtres où s'ébattent d'énormes grenouilles.

Vous hâtez le pas. Cette région n'a pas très bonne réputation et vous avez hâte de trouver une ville ou un village où vous reposer.

Le Monstre a déniché quelques pièces dans la poche de sa veste : de quoi vous payer deux ou trois nuits à l'auberge, à condition de ne pas être trop regardant sur le confort.

D'après lui, Grandport n'est pas loin. Mais votre sentier, qui est devenu très boueux, fait tant de détours pour éviter les zones les plus insalubres que vous ne savez plus très bien où vous êtes. L'absence de soleil, évidemment, n'arrange rien. Comme à son habitude, Cerbère se plaint de la faim et de la soif. Le Monstre et toi lui avez interdit de boire l'eau des mares. Ses trois langues pendantes, il essaie d'attraper quelques gouttes de pluie.

L'après-midi est déjà bien avancé lorsque vous parvenez à un embranchement. Un chemin part vers la gauche, un autre vers la droite. La pancarte qui se trouvait là, et qui indiquait probablement les deux destinations possibles, a été arrachée. Tu vas devoir t'en remettre à ton instinct.

❧ *Tu optes pour le chemin de droite ? Rends-toi en 113, page 150.*

❧ *Tu préfères aller à gauche ? Va en 112, page 154.*

Tout le monde éclate de rire. C'était une blague, voyons ! Tu en as fini avec les énigmes.

Mais l'heure des adieux a sonné.

Tu serres le Monstre et Cerbère contre ton cœur. Pour te consoler, Flamel te donne un élixir. Chaque fois que tu en boiras une gorgée, avant de dormir, tu rêveras du Monde noir et tu pourras y retrouver tes amis. William alors te confie une amulette et te recommande de penser très fort à ton monde.

Attention ! Si tu as rencontré à Grandport un homme à barbiche noire et qu'il t'a lancé une malédiction, l'amulette ne produit pas son effet, et tu dois reprendre ton aventure depuis le début.
✗ *Va en 14, page 52.*

Dans le cas contraire, au moment où tu penses très fort à ton chez-toi, et à combien tu as envie de retrouver ton monde, le sol se dérobe sous tes pieds. Avec un hurlement, tu te sens tomber dans un puits sans fond, et tu finis par perdre connaissance.

Lorsque tu rouvres les yeux, tu es à quatre pattes sur le gravier du jardin qui entoure la tour Saint-Jacques, et ton oncle apparaît à l'autre bout du sentier.

– Eh bien ! Je te cherchais partout ! J'ai l'impression que tu as raté les trois quarts de la conférence. C'est bien les jeunes d'aujourd'hui, tiens ! Ils ne s'intéressent à rien. Allez, je te ramène à tes parents.

Ouvrant la bouche pour répondre, tu t'abstiens finalement. Dans ta poche, entre tes doigts, la petite fiole des rêves roule doucement.

Félicitations ! Ton séjour dans le Monde noir a réveillé le grand aventurier qui sommeillait en toi !

Solutions aux énigmes

6

Un roi et son fils ont trente-six ans à eux deux. Le roi a trente ans de plus que son fils. Quel âge a donc le prince ?

Réponse : Le prince a trois ans. Son père, le roi, a trente-trois ans. Trente-trois + trois = trente-six.

7

Un carrosse part du château toutes les demi-heures en direction du village. Combien de temps se sera-t-il écoulé quand le troisième carrosse quittera le château ?

Réponse : Il se sera écoulé une heure. Imaginons que le premier carrosse parte à 0 heure : le deuxième partira à 0 h 30, et le troisième à 1 heure.

14

Sais-tu qui je suis ? Le gardien des portes de l'Enfer ! Allons, je suis sûr que tu connais mon nom !

Réponse : Cerbère, dans la mythologie grecque, est le chien à trois têtes gardant les portes de l'Enfer.

29

Un père et ses deux fils doivent traverser une rivière. Leur problème, c'est qu'ils n'ont qu'une barque et qu'elle ne peut contenir que 100 kg. Or, le père pèse 100 kg, justement, et ses deux fils 50 kg chacun. Comment vont-ils s'y prendre ?

Réponse : Les deux fils partent en premier. Lorsqu'ils arrivent sur l'autre rive, l'un retourne rejoindre son père. Il laisse son père monter dans la barque et rejoindre son fils. Ce dernier part rejoindre son frère, et tous deux repartent vers le père.

31

Que jette-t-on lorsqu'on en a besoin, et que l'on ramasse lorsqu'on n'en a plus besoin ?

Réponse : C'est l'ancre d'un bateau. On la jette pour s'arrêter, on la remonte lorsque l'on repart.

41

Autrefois, j'avais plusieurs animaux chez moi. Combien, sachant que tous sauf deux étaient des chiens, tous sauf deux étaient des chats, et tous sauf deux étaient des perroquets ?

Réponse : J'avais trois animaux : un chien, un chat et un perroquet.

44

Quel est l'animal qui marche à quatre pattes le matin, deux à midi, et trois le soir ?

Réponse : C'est l'homme. Au matin de sa vie, il marche à quatre pattes ; arrivé à l'âge adulte, il marche sur ses deux jambes ; au soir de sa vie, il avance avec une canne.

46

Je suis dans un palais mais je ne suis pas un roi. Je suis toujours mouillé mais je ne suis pas dans l'eau. Qui suis-je ?

Réponse : Je suis la langue : elle est dans le palais, et est toujours enduite de salive.

52

Regardez mes fruits. Du côté de l'eau, ils portent des écailles ; du côté de l'herbe, ils portent des plumes. Qu'est-ce qui naît de ces fruits ?

Réponse : Du côté de l'eau : des poissons, et du côté de l'herbe : des canards.

57

Un berger possède 27 moutons. Tous meurent sauf 9. Combien en reste-t-il ?

Réponse : Il en reste 9 ! – qui sont les seuls à ne pas mourir.

61

Un fermier met six chèvres dans quatre enclos. Aucun enclos n'est vide. Aucun enclos ne contient un nombre impair de chèvres. Comment fait-il donc ?

Réponse : Les quatre enclos sont emboîtés les uns dans les autres. Rien ne stipule qu'ils ne le peuvent pas !

63

Un jeune prince affirme : « J'ai autant de frères que de sœurs. » Sa sœur répond : « J'ai deux fois plus de frères que de sœurs. » Combien y a-t-il d'enfants dans cette famille ?

Réponse : Il y a quatre garçons et trois filles. Le prince a trois frères et trois sœurs, la sœur a quatre frères et deux sœurs.

64

Qu'est ce qui s'allonge et rétrécit en même temps ?

Réponse : C'est la vie. Plus nous vieillissons (plus notre vie s'allonge), moins il nous reste de temps à vivre.

66

Qu'est-ce qui tourne sans jamais bouger ?

Réponse : C'est le lait. Il peut tourner, et il est blanc, comme la fourrure du yéti.

67

Si nous ne sommes pas le lendemain de lundi ou le jour avant jeudi, que demain n'est pas dimanche, que ce n'était pas dimanche hier et que le jour d'après-demain n'est pas samedi, et que le jour avant-hier n'était pas mercredi, quel jour sommes-nous ?

Réponse : Dimanche. Si nous ne sommes pas ni mardi, ni mercredi, ni samedi, ni lundi, ni jeudi, ni vendredi, il ne reste que cette solution !

70

Ils sont deux, ils se trouvent très près l'un de l'autre, mais ils ne se voient pas. Qui sont-ils ?

Réponse : Les yeux. Même en louchant, ils ne peuvent se voir mutuellement.

72

Si tu as dix ans, et que ton petit frère a la moitié de ton âge, quel âge aura ton frère quand tu seras dix fois plus âgé qu'aujourd'hui ?

Réponse : 95 ans. Quand tu seras dix fois plus âgé qu'aujourd'hui, tu auras cent ans, et ton frère cinq ans de moins.

77

Nous sommes nés de la même mère, la même année, le même mois, le même jour et à la même heure. Pourtant nous ne sommes pas jumeaux, ni même jumelles. Pourquoi ?

Réponse : On ne dit pas combien il y a d'enfants. Il peut s'agir de triplés, de quadruplés, etc.

84

Un émir mourant fait venir ses deux fils. « Vous voyez ce minaret à l'horizon ? leur dit-il. Celui d'entre vous dont le cheval arrivera en dernier à son pied héritera de mon immense fortune. » Les deux fils se précipitent vers l'écurie et partent au triple galop vers le minaret. Pourquoi se pressent-ils ainsi ?

Réponse : L'émir précise : celui dont le cheval arrivera le dernier. Il ne parle pas du cavalier. Chaque fils prend donc le cheval de l'autre et essaie de le faire arriver en premier, afin que sa monture à lui arrive en dernier.

94

Deux pères et deux fils ont tué chacun une oie sauvage, avec un arc et des flèches. Aucun n'a tiré sur la même oie. Trois oies seulement ont été abattues. Comment est-ce possible ?

Réponse : Il n'y a que trois hommes : un fils, son père, le père de son père. Le père est aussi... un fils.

98

Je suis muet, aveugle et sourd. Combien de sens me reste-t-il ?

Réponse : Il y a cinq sens en tout. Mais être muet n'est pas être privé d'un sens. Il reste donc trois sens : odorat, goût et toucher.

101

1, il y en a 2. 2, il y en a 4. 3 en comporte 5. 4 en compte 6. 5, c'est 4. 10, c'est 3 seulement. De quoi parle-t-on ?

Réponse : On parle du nombre de lettres qui constitue chaque chiffre. Un comprend deux lettres, deux : quatre lettres, trois : cinq lettres, etc.

108

Trop près de moi c'est la mort assurée, trop loin de moi tu ne peux exister. Que suis-je ?

Réponse : Je suis le soleil. S'approcher trop de moi, c'est brûler, s'éloigner trop, c'est mourir.

109

Celui qui me fait me vend. Celui qui m'achète ne se sert pas de moi. Celui qui se sert de moi ne le sait pas. Que suis-je ?

Réponse : Je suis un cercueil. L'entrepreneur de pompes funèbres me vend, c'est la famille qui achète le cercueil, et le mort ne sait pas qu'il est dedans.

113 et 115

Jeune, je suis grande ; vieille, je suis plus petite. Je vis la nuit de tout mon éclat. Le souffle du vent est mon ennemi. Qui suis-je ?

Réponse : Je suis la bougie. Plus je brûle, plus je rapetisse, et un souffle peut m'éteindre.

118

On ne le voit pas, mais il est toujours devant nous et uniquement devant nous. Qu'est-ce ?

Réponse : C'est le temps.

120

Un homme a trois fils. Son fils aîné a quatre ans de plus que le second. Le second a quatre ans de plus que le dernier, et le dernier a exactement la moitié de l'âge de l'aîné. Quel âge ont ses fils ?

Réponse : Les trois fils ont huit, douze et seize ans.

127

Tu ne peux le voir et il ne peut te voir, il n'a ni yeux ni bouche, mais une force incroyable quand il te pousse. Qu'est-ce donc ?

Réponse : C'est le vent.

132

Lorsque demain sera hier, lundi sera le lendemain d'aujourd'hui. Quel jour sommes-nous ?

Réponse : Voici sans doute l'énigme la plus compliquée de cette aventure ! Il faut d'abord se concentrer sur la première partie de la phrase, «lorsque demain sera hier» : cela revient à dire «dans deux jours». Ensuite, on passe à la seconde partie, «lundi sera le lendemain d'aujourd'hui» : le jour évoqué ici est dimanche. Ce qui nous donne : dans deux jours, nous serons dimanche. Nous sommes donc vendredi.

134

Igor dit : J - F - M - A - M - J - J... Quelle lettre vient après ?

Réponse : La lettre qui vient après est A comme Août : les lettres de la liste sont simplement les premières de chaque mois de l'année !

© 2010, Hachette Livre/Deux Coqs d'Or. 43, quai de Grenelle – 75015 Paris
Dépôt légal : septembre 2010 – Édition 01
Loi n° 49-956 du 16 juillet 1949 sur les publications destinées à la jeunesse.
Imprimé en Italie par Europrinting S.p.A.